30
카토
메구미
Megumi Kato

"어때?
나는 네가 바라는
메인 히로인이 된 거야?"

"……다시 써와.
내용이 정말, 정말, 정말,
마음에 안 들거든."

카스미가오카
우타하
Utaha Kasumigaoka

"너, 나를
쓸 생각 없어?"

사와무라
스펜서
에리리
Eriri Spencer
Sawamura

"나는 진심으로
이 『메구리27』이
최고라고 믿어!"

아키
토모야
Tomoya Aki

마루토 후미아키 = 지음
미사키 쿠레히토 = 일러스트

시원찮은 그녀(히로인)를 위한 육성방법13

Saenai heroine no
sodate-kata.13

Presented by Fumiaki Maruto
Illustration : Kurehito Misaki

시원찮은 그녀(히로인)를 위한 육성방법 13

마루토 후미아키 지음
미사키 쿠레히토 일러스트
이승원 옮김

목차

\신생/ blessing software 멤버명단

프로듀서

기획, 서브 디렉터,
메인 히로인

기획, 디렉터, 시나리오

음악

원화, 그래픽 담당

제1장

진짜로 ○○하기 28페이지 전.

"나…… 메구미를 좋아해! 3차원(현실)의 너를 좋아해!"

"그 『현실』이라는 부분은 빼도 되지 않을까?"

"……어이."

……뭐, 마치 반 년 동안 질질 끈(12권부터 GS 3권, 13권까지 질질 끈) 것처럼 엄청난 결심 끝에 내가 고백을 하자 고백을 받은 그녀 — 토요가사키 학원 3학년 A반, 게임 제작 서클 『blessing software』 부(副) 대표, 그리고 나 아키 토모야에게는 메인 히로인인, 카토 메구미 — 는 뭐랄까, 완벽하게 무덤덤한 상태에서 내 말을 건성으로 듣고 있는 것 같은 반응을 보였다.

"으음, 토모야 군? 그렇게 한심한 표정으로 쳐다보지 말아줄래?"

"아니, 그게……."

게다가 내 고백에 대한 대답도 해주지 않는데…….

"뭐, 일단 토모야 군의 말은 이해했으니까 안심해도 돼."

"이, 이해……."

"『토모야 군은 나를 좋아한다』는 거지? 메인 히로인으로서, 서클 동료로서가 아니라, 한 명의 여자애로 의식하고 있다는 거잖아?"

"……어이."

게다가 정곡을 찔러대는데…….

"왜 그렇게 노려보는 거야? ……아, 혹시 내가 해야 할 말이라도 있는 거야?"

"대답 말이야, 대답! 그리고 너, 얼버무리고 있는 거지?!"

"아~, 저기, 그럼 아까 「대답을 해주세요」 같은 말을 덧붙여서……."

"왜 그렇게 무덤덤한 거야? 왜 평소와 마찬가지인 건데? 오타쿠가 여자애에게 고백을 하는 게 얼마나 엄청난 일인지 알기는 해? 혹시 나를 피 말려 죽일 심산인 거야?!"

그러고 보니 말하는 것을 깜빡했는데, 현재는 오후 여덟 시 즈음이며 이곳은 우리 집 근처에 있는 탐정 언덕의 한가운데다.

밤이라 조용한 주택가에서는 나와 메구미의(주로 나의) 새된 목소리가 울려 퍼지고 있었다. 이웃사촌 여러분, 정말 죄송합니다.

"하지만 이 상황에서 울음을 터뜨리거나 확 끌어안거나

하는 드라마같은 전개는 좀 그렇지 않아? 상대는 다름 아닌 토모야 군인걸.”

“저기, 지금까지의 내 태도가 나빴던 거야? 혹시 전부 다 나빴어? 이제 돌이킬 수도 없는 거야?!”

“아~, 으음~, 뭐, 그럴지도 몰라.”

“긍정해도 된다고 말한 적 없거든?!”

“뭐, 아무튼 이 상황에서 「실은 나도 좋아해~」 같은 말을 하는 건 너무 흔해 빠졌잖아. 토모야 군은 자기 게임에 그런 흔한 고백 신을 넣을 거야?”

“메인 히로인이라면 이런 상황에서 당연히 그런 말을 할 거라고!”

“하지만 의외성이라는 게 필요하지 않을까? 예를 들어, 아무 일도 없었다는 듯이 무시당한다거나, 한 반 년 정도 가슴을 졸인 끝에 대답을 듣는다는 건 어떨까?”

“괜한 소리 하지 말고 잘 들어, 메구미! 흔하다는 건, 왕도라는 건 말이지…….”

“그래그래. 많은 유저들이 재미있다고 느끼는 것이니까, 망설임 없이 써도 된다는 거잖아?”

“알고 있었던 거냐?! 알면서도 그런 소리를 한 거냐?!”

하지만, 하지만, 하지만…….

이건 전부, 현재 내 눈앞에 있는, 주도권을 움켜쥔 상태에서 나를 내려다보고 있는 이 여자애 탓이라고…….

"진짜로 좀 봐줘, 메구미. 부탁이니까 내 마음을 가지고 놀지 마……."

메구미 앞에서 한심하기 그지없는 표정을 짓고 싶지는 않지만…….

여러 사정 때문에 두 손으로 얼굴을 가릴 수도, 돌아설 수도 없는 상태인 나는 메구미한테서 반쯤 고개를 돌린 후, 한손으로 얼굴을 절반만 가렸다.

하지만 한심하기 그지없는 목소리만큼은 감추지 못했다.

"나, 나는…… 오늘만큼은, 승산이 있을 거라고 생각했다고……."

하지만 발언 자체에는 약간의 허세를 섞어봤다.

"흐음~, 승산이 있다고 생각했구나. 얼마 전에 나를 배신해놓고, 그렇게 울려놓고, 그런데도 내가 오케이할 거라고 기대했구나~."

"그래! 메구미는 울었잖아! 나 때문에 울었잖아!"

"윽……."

내가 반쯤 될 대로 되라는 심정으로 뻔뻔한 소리를 입에 담자…….

메구미의 기세는 약간 움츠러든 것 같았다.

"나, 메구미의 신뢰를 배신했어. 그리고 메구미는 그 탓에 엄청 슬퍼했지만…… 그래도, 이렇게, 서클로 돌아와 줬어……."

"그건…… 토모야 군을 위해서가 아니라, 효도 양과 이즈미 양을 위해서……."

"그래도 나는 기뻤어!"

"으윽……."

나는 겨우 잡은 이 기회를 놓치지 않겠다는 듯이 계속 몰아붙였다.

"설령 그게 내 착각에 불과하더라도, 어쩔 수 없잖아. 메구미가, 메구미가, 나를 찾아왔단 말이야!"

착각에 착각을 거듭해 메구미가 더욱 미안한 감정을 느끼게 만든 다음에…….

내가 원하는 대답을 들을 수 있다면…….

"그, 그럼…… 토모야 군은……."

"……응?"

"성공률이 어느 정도라고 생각했어?"

……이번에는 그런 식으로 나오는 겁니까.

무슨 말을 들어도 절대 내 고백에 답해주지 않을 거지만, 그래도 가망이 없다는 소리 또한 하지 않을 속셈인가.

메구미는 지금 여유가 넘치는 거야? 아니면 고집을 부리고 있을 뿐인 거야……?

"으, 으음, 으음…… 어, 얼추, 5, 50퍼센트 정도?"

"절반 정도구나. 근거는 뭐야?"

그 수치가 높다, 낮다 같은 소리를 하지 않는 건 여유롭기 때문일까? 아니면 그저 고집을 부리고 있는 걸까…….

"아니, 그게…… 메구미는 지금도 내 손을 꼭 잡고 있으니까……."

"……앗~."

"허둥지둥 놓지 마!"

"아, 음, 이건 토모야 군이 한사코 내 손을 놓지 않았던 거잖아."

"그렇지 않아! 메구미가 놓지 않았던 거라고! 내 손에 난 손톱자국 좀 봐! 이건 메구미가 낸 거잖아!"

"아~, 이상하네~. 이럴 리가 없는데~."

……뭐, 여유가 넘쳐흐르는 상황이 아니라는 것은 내 손바닥에 남아있는 붉은 손톱자국만 봐도 명확했다.

"이제 됐어! 아무튼 나는 메구미를 좋아해. 이제 너한테서 도망치지도, 숨지도 않을 거라고. 너는 어때?!"

손바닥에 난 손톱자국은 통증과 열기를 자아내고 있었지만, 그와 동시에 나에게 용기를 주었다.

"으음……."

"……아직도 고민하는 거야?"

하지만 메구미는 나의 날카로운 돌격을 깔끔하게…… 아니, 은근슬쩍 피했다.

"사실 대답은 정해져 있지만, 그걸 말해줄 타이밍 때문에 고민하고 있는 거야."

"그게 무슨 소리야……."

이제 「빨리 대답해달라고!」 하고 외치며 불같이 화를 내도 되겠지……?

나, 꽤 참았잖아……?

"하지만, 만약 내가 오케이를 해버린다면 「잘됐네~. 그럼 막차 시간 다 되어가니까 이만 가볼게~」 같은 소리를 할 수 없을 거잖아?"

"오, 오오오오오……?"

"아, 오케이라는 뜻으로 한 말은 아니거든? 어디까지나 비유거든?"

"비, 비유……?"

하지만, 하지만, 내 고백을 받아주지 않을 속셈이라면 방금 「미안해~. 그럼 막차 시간 다 되어가니까 이만 가볼게~」 하고 말하지 않았을까……?

그럼, 그런 식으로 말하지 않았다는 건, 즉, 메구미의 대답은…….

"만약, 내가, 저기, ……(오케이)라고 말하면, 역시 그렇고 그런 분위기가, 조성되겠지?"

"그, 그렇게 되는 거야?!"

"……안 되는 거야?"

"왜 노려보는 건데……."

선택지의 결과가 너무 신경 쓰인 나머지 선택 후의 전개에 대해 전혀 생각하지 못한 나를, 메구미는「뭘 모르네」하고 말하는 것 같은 거무튀튀한 눈빛으로 노려보았다.

아니, 선택 이후의 상황에 대해 상상의 나래를 펼칠 수 있는 건 선택권을 쥔 녀석뿐이라고 생각하는데 말이야.

그렇게 생각해보니, 제멋대로인 주인공에게 휘둘리는 미소녀게임의 히로인들이 불쌍한걸…….

"아, 아니, 저기…… 그렇고 그런 분위기가 조성되지 않을 거라고 단언할 수 있을 만큼, 내 자제심이 뛰어나다는, 보장은 좀, 으음……."

내 분신이라 여기는 게임 속 주인공을 내가 비난해봤자 자기 얼굴에 침 뱉기나 마찬가지일 것이다. 그러니 나는 일단, 아직 오픈하지 못한 루트의 전개에 대해 생각해봤다.

뭐, 미소녀게임에서는「잘됐네~. 그럼 막차 시간 다 되어가니까 이만 가볼게~」같은 식으로 상황이 흘러갈 리가 없다.

그렇다. 그렇게 밋밋하게 헤어질 리가 절대 없는 것이다. 분명 역에서 헤어지기 전에 구질구질하게 굴다가, 최종적으로는…….

"자, 그러니까 토모야 군의 집으로 돌아가자."

"……뭐?"

그것은 어디까지나 내 최종적인 결단이며, 고백을 받은 상대가 내놓을 제안은 아닌데…….

"돌아가서, 목욕을 한 다음, 개운한 마음으로 이 이야기를 계속하자. 응?"

"자, 잠깐, 잠깐만!"

게다가 나는 절대 입에 담지 못할, 지나치게 긍정적인 제안(목욕)까지 상대방이 한 것이다.

"……미리 말해두겠는데, 같이 목욕하자는 건 아냐."

"내가 신경 쓰는 건 그게 아니라고!"

"토모야 군은 진짜 뭘 모른다니깐. 우리 둘 다 어젯밤 이후로 목욕을 하지 않았잖아?"

"그게 뭐 어쨌다는 건데?!"

"그러니까, 그런 상태에서 처음으로…… 하는 건 좀 그렇지 않을까?"

"자, 잠깐, 잠깐만, 잠깐만! 너, 대체 어디까지 허용할 생각인데?! 으음, 만약 오케이를 했다는 가정 하에 말이야!"

"아, 으음…… 키스까지인데…… 물론, 오케이를 했다는 가정 하에서지만"

"으으으으으으으으으~~~~~~~~~~."

그것은(키스) 『까지』라고 표현하지 않아……. 나는(오타쿠) 표현하지 않는다고…….

참고로…… 참고로 말씀드리자면…… 메구미는 지금도 제 손을 꼭 움켜쥐고 있습니다.

손가락이 하나하나가 뒤엉킨 채, 도저히 풀 수 없는 상황에 처해 있습니다.

그런 상황에서 이 녀석…… 아니, 이 사람은 그런 소리를 하고 있다고요.

카스미가오카 선배와 했지
"아, 맞다. 토모야 군은 키스가 처음이 아니지. 나만 처음인 거네. 괜한 소리를 해서 미안해."

"아~, 아~, 아아아아아아아아아아아~~~."

게다가, 이 녀석…… 아니, 이 여자애는 이런 밉살스러운 소리까지 한다고요.

"어, 어, 어이, 메구미. 키스만 할 거면 일부러 목욕을 할 필요는……."

"으음~, 하지만 우리 둘 다 밤을 샜잖아. 이런 상태에서 그런 걸 하는 건 좀 그래……. 뭐, 양치질을 하면 그나마 낫겠지만, 그래도……."

"게, 게다가 너는 이대로 우리 집에 돌아가서 목욕까지 하면 그대로 자고 가는 게 확정되는 거잖아?"

"2박이 3박이 되는 것뿐이잖아. 새벽 첫 열차로 집에 돌아가서 옷을 갈아입은 다음에 학교에 가면 돼."

"방금 그 발언에 대해서는 한 마디 안 할 수가 없다고, 이 불량소녀야!"

우리는 대체 무슨 이야기를 나누고 있는 걸까…….

여러모로 너무 폭주하고 있잖아…….

"게, 게다가 목욕을 하고 한 지붕 밑에서 자는데다, ……까지 한 다음에 진짜로 멈출 수 있을 것 같아? 으음, 어디까지나 오케이를 했다는 가정에서지만."

"그, 그래도 상대는 아키 군이니까 꽤 안심이 되긴 해. 뭐, 어디까지나 오케이를 했다는 가정에서지만."

저기, 이제는 『어디까지나 오케이를 했다』 같은 소리를 할 필요도 없을 것 같거든?

"……참고로, 지금 돌아갔다간 부모님께 궁색한 변명을 해야 할 거야."

"어쩔 수 없지 않을까? 이번만큼은 진짜로 켕기는 상황이잖아."

"……으으."

너무 태클을 걸어서 피곤할 지경이네…….

내가 바라지 않는 방향과 180도 정도 어긋나 있는 느낌이 든다고.

"게다가, 켕기는 걸로 치면 우리 부모님에게 궁색한 변명을 해야 하는 내가 한 술 더 뜨지 않을까?"

"맞아! 나도 전부터 걱정했어! 메구미네 집은 괜찮은 거야?!"

"뭐, 나중에 연락할 때 토모야 군이나 토모야 군의 어머니를 바꿔주면 아마 괜찮을 걸?"

"우리 엄마는 몰라도, 내가 알리바이를 증명해주는 게 메구미네 가족 입장에서는 괜찮은 거야……?"

저기, 이 녀석은 진짜로 어떻게 되어먹은 거야?

진짜로 아직 오케이 안 한 게 맞긴 한 거지?

"그럼 돌아갈까?"

"……으응."

그리고, 메구미는 내 손을 잡아끌면서 언덕을 앞장서서 올라가기 시작했다.

누구 때문인지는 모르겠지만, 맞잡은 두 손은 열기와 땀방울을 머금은 채 두근대듯 흔들리고 있었다.

※ ※ ※

"결국 가족한테는 뭐라고 변명한 거야?"

『으음~, 「게임 완성 기한 직전에 엄청난 버그를 발견해서, 밤을 꼬박 새워가며 작업하게 됐다」고…….』

"죄송한데, 아직 완성 기한이 되려면 한 달 넘게 남았으니까 심장이 멎어버릴 것 같은 거짓말을 하지 말아 주세요, 메구미 씨."

창가에 놓은 스마트폰 스피커에서는 메구미의 목소리와 함께 드라이기 소리가 흘러나왔다.

먼저 목욕을 마치고 내 방에서 머리카락을 말리는 중인 메구미는 직선거리로 약 10미터 정도 떨어진 곳에서 목욕 중인 나와 스마트폰을 통해 밀담을 나누고 있었다.

『그런데, 토모야 군은 뭐라고 했어?』

"으음, 「메구미가 타야할 노선이 차량 고장으로 운행이 중단됐다」고…….”

『으음~, 내용이 다르네……. 미리 말을 맞춰둘 걸 그랬어.』

“아~, 괜찮아. 우리 부모님을 신경 쓸 필요 없어.”

『그래? 그럼 다행이야.』

“응, 아무 문제없어…….”

그렇다. 변명에 있어서만큼은 전혀 문제될 것이 없었다.

왜냐하면, 우리 부모님은 내 변명을 눈곱만큼도 믿지 않았다…….

『아무튼, 몸에 물만 끼얹고 바로 나오지는 마. 세수하고, 머리도 감고, 몸도 구석구석까지…….』

“매일같이 깨끗하게 씻는다고!”

『아, 그런데 토모야 군은 수염을 깎아? 아니, 수염이 나기는 해?』

“……그걸 왜 지금 묻는 건데?”

『아, 수염이 볼에 닿으면 간지러울 것 같거든.』

“아아아아아아아아아아아아아아…….”

그리고 그런 정체불명의 의식을 치르는 와중에도, 메구미는 느긋하기 그지없는 어조로 나의 2차 성징에도 관심을 가졌다.

내가 마음을 진정시키기 위해 찬물 샤워를 하고 있는 것과는 대조적이었다.

뭐, 메구미는 최근 1년 중 한 달 가량을 우리 집에서 묵었던 것 같으니 저렇게 느긋한 것도 이해가 갔다. 그런데 1년 중 한 달 가량 메구미와 한 지붕 밑에서 묵었던 내가 이렇게 긴장한 건 대체 어째서일까.

※ ※ ※

"자, 으음, 그럼……."

그리고 15분 후.

나는 평소보다 더 세심하게 몸 구석구석까지 씻고, 어깨까지 물을 담근 상태에서 100을 센 후에야 욕실을 나섰다.

방으로 돌아간 나는 메구미가 건네준 드라이기로 머리를 말렸다. 그리고 그녀가 건네준 화장품을 바르자, 얼굴이 촉촉해졌다.

"자, 그럼 준비가 끝났으니까, 상황을 되짚는 의미에서 토모야 군의 고백부터 다시……."

"적당히 해애애애애애!"

그리고 겨우 평소 분위기로 되돌아가려던 순간에 저런 소리를 했다고!

"하지만, 아까 토모야 군의 고백 부분에서도 여러모로 확인하고 싶은 게……."

"이제 잘래! 아무 것도 안 하고 잘 거야! 안녕히 주무세요!"

"어, 그건 곤란해. 오늘밤에는 토모야 군을 안 재울 거야."

"너, 나를 심장마비로 죽일 심산이냐?!"
"아, 그렇고 그런 의미에서 한 말은 아냐. 그냥 내가 납득할 때까지라는 의미로……."
"아아아아아~. 정말!"
메구미가 너무 성가시게 구네! 그 탓에 심박수가 내려가지를 않는다고…….

"나는 메구미를 좋아한다고! 그것만으로는 부족한 거야?!"
"아니, 뭐, 그건 틀림없다고 생각하긴 하는데……."
"그럼 대체 뭘 확인하고 싶은 건데?"
"그게…… 그러니까, 토모야 군의 다양한 마음을 알고 싶어. 한 개가 아닌 대답을 전부 듣고 싶은 거야."
"그건……."
우리는 어느새 메구미를 위해 깐 이부자리 위에 마주앉아 있었다.
"에리리와, 카스미가오카 선배를 향한 마음 말이야."
"……그냥 자도 돼?"
"안 돼."
참고로 메구미는 내 손을 양손으로 꼭 움켜잡았다.
그리고 그 손을 그윽한 눈길로 응시하며 말했다.
"절대 안 돼……. 일단은 나도 각오를 다져야만 한단 말이야."
"각오? 그게 무슨……."

"토모야 군은 몰라도 돼."
그러면서 뭔가를 호소하듯 내 손등을 찰싹찰싹 때렸다.
"그야 물론, 그 두 사람도 좋아해."
"……어떤 의미에서 좋아하는 건데?"
결국 나는 그런 메구미의 오락가락하는 마음과 당당하게 마주하기 위해, 전력을 다해 우왕좌왕할 수밖에 없었다.
"한편으로는 존경스러운 크리에이터로서 좋아해."
"다른 한편으로는?"
"함께 꿈을 좇는…… 좇았던, 동료로서 좋아하는 거야."
"다른 의미는 없어?"
"최강의 미소녀게임의 히로인도 될 수 있는, 매력적인 캐릭터로서도 좋아해."
"그 외에는?"
"……내가 넘볼 수 없는, 여자애로서도 좋아해."
"……."
내가 그 말을 입에 담은 순간…….
메구미는 괴로워하듯 표정을 일그러뜨렸다.
"왜, 넘볼 수 없다고 생각하는 거야?"
하지만 그 반응만큼은 그녀답지 않다는 생각이 들었다.
"애초부터 그렇게 단정 짓고 있었던 건 아냐? 상대가 자신의 마음을 절대 받아주지 않을 거라는 착각에 사로잡혀 있었던 건 아냐?"

"대체 왜 이런 소리를 하는 건데……."

그래서 나는 메구미답지 않은 발언을 들으며, 메구미의 것이 틀림없는 이 손을 꼭 움켜잡았다.

"무서운 걸 어떻게 해……. 그 정도는 알아 달라고."

"알 수 있을 리가 없잖아……. 그 사람들이 그런 걸 알 리가 없단 말이야."

"그렇기 때문이야."

그렇다. 나의 배배 꼬인 마음을 그 사람들이 알 리 없다.

하지만, 알 리 없기 때문에…… 알 리가 없다는 것을 알고 있기 때문에 무서운 것이다.

자신과, 절대 어울리지 않는다.

자신보다 앞서 나가는 이들과, 그런 관계가 되고 싶지 않다.

그렇게 대단한 사람을, 자신이 망가뜨리고 싶지 않다.

그리고 단순히, 깔보이는 게 싫다.

그런, 다양한…….

아마, 그녀들은 생각도 못할 꼴사나운 감정이…….

콤플렉스나 공포와 비슷한 다양한 종류의 저열한 생각이 가슴 속에서 소용돌이 치고 있었다.

"카스미가오카 선배는…… 이해는 할지도 모르지만 납득은 하지 않을 거라고 생각해."

"응……."

그렇다. 우타하 선배는…… 아니, 카스미 우타코는 심리 묘사의 천재다.

그러니, 분명 내가 얼마나 어리석은 생각에 사로잡혀 있는지 눈치챘을 것이다.

눈치챘으면서도 이런 얼간이 같은 생각을 하고 있는 나를 얼간이 주인공답다고 여기며 한탄할 것이다.

하지만 그렇게 내가 얼간이라는 것을 이해해주는 것만으로도 충분하다.

"하지만 에리리는…… 이해조차도 하지 못할 거야."

"그래……. 그럴지도 몰라."

내가 에리리에게 품고 있는 마음은…… 나조차도 전부 이해하지 못했다.

그녀는 나보다 훨씬 대단한데도 나한테는 대단하지 않다는 평가를 받았다.

누구보다 대단해졌으면 하는데도 한편으로는 항상 나보다 못한 존재이기를 바랐다.

그녀가 슬럼프에 빠질 때마다 걱정했지만, 그 바람에 그녀의 실력이 제자리걸음을 하면 안도했다.

그녀가 껍질을 깨부수며 성장하는 모습을 보고 기뻐하면서도, 자신이 뒤처지고 있다는 사실에 초조함을 느끼며 이를 갈았다.

……태어나서 처음으로 좋아했고, 태어나서 처음으로 증오했던 여자애다.

"하지만……."

"응?"

"언젠가, 이 마음을 정리한 후에, 에리리와도 제대로 이야기를 나눠봐야 한다고 생각하기는 해……."

하지만, 지금은 그런 일그러진 마음도…….

다른 여자애에게 이야기해선 안 되는 마음도 눈앞에 있는 카토 메구미라는 여자애한테는 전부 드러낼 수 있다.

감싸 쥔 내 손을 자신의 볼에 대면서…….

자신의 얼굴에서 흘러나오는 열기를 나에게 전해주고 있는, 이 여자애에게만은…….

"그 언젠가는 언제인데?"

"그건……."

"마감과 마찬가지로 기간을 정해두지 않으면 안 할 거잖아?"

"그, 그건…… 으음, 올해 안에?"

"응……. 그 정도면 적당할 것 같아."

겨울 코믹마켓 즈음.

즉, 우리의 혼이 담긴 작품이 세상에 나왔을 즈음.

그리고, 연말 판매 경쟁이 벌어졌을 즈음.

즉, 에리리와 우타하 선배의 혼이 담긴 작품이 세상을 뒤흔들 즈음.

"납득 했어?"
"일단…… 그 두 사람에 대해서는 했어."
"그럼…… 다음이 마지막이겠네?"
"으……."
내가 알고 있다는 투로 그렇게 말하자…….
메구미는 나와 이마를 맞대면서, 「응, 정답이야」 하고 말했다.

"메구미는…… 무시무시해졌어."
"그렇구나."
메구미가 마지막으로, 나에게 요구한 것.
그것은, 그녀가 진심으로 납득하기 위한 말.
자신이, 나에게 있어 특별한 존재인 상세한 이유.
"뭐, 화나게 하면 엄청 무섭기는 해. 그리고 한 번 삐치면 누구보다도 성가시지."
"……그렇구나~."
"아얏."
……내가 다 알고 있다는 투로 한 말을 듣자마자, 내 이마에 가볍게 박치기를 날렸다.
"하지만 아무리 무서워도, 아무리 성가셔도…… 너는 「최선을 다하면 어떻게든 될 거야」라는 생각이 들어."

"그게, 무슨 소리야……."

한 번 삐치면 큰일이기는 하지만, 돌이킬 수 없는 지경에는 절대 이르지 않는다.

지금 내 마음을 알아주지는 않았지만, 언젠가는 분명 알아줄 것이다.

전부 이해해준 것은 아니지만, 언젠가 반드시 이해해줄 거라는 생각이 든다.

나에게 과분한 여자애일지도 모르지만, 노력을 한다면 어떻게 될지도 모른다.

나보다 나은 부분이 잔뜩 있지만, 내가 나은 부분도 조금은 있지?

나 때문에 망가지지는 않지만, 내 영향을 다소 받고 있기는 할 것이다.

그러니, 처음 고백을 했을 때는 거절당할지도 모르지만…….

그래도 포기하지 않고, 두 번, 세 번 재도전을 하다보면, 언젠가는 질려서 내 고백을 받아줄 것이다.

……왠지 그럴 것 같은 느낌이 들었다.

"그래서…… 내가 고백할 수 있는 사람은, 메구미뿐이야."

"그럼…… 선택지는 『애초부터 나 뿐이었다』는 거네?"

"그래……. 너는 소거법에 따라 뽑힌, 나한테 있어 이 세상에서 가장 소중한 여성(히로인)이야."

메구미는 내 말을 듣고 잠시 동안 말문이 막힌 것같이 보이더니…….

아, 실은 내 볼을 약간 세게 꼬집기도 했다.

"……그런 말을 듣고 기뻐하는 여자애가 이 세상에 있을 것 같아?"

"아마 없겠지……."

하지만, 그로부터 몇 초 후에 한 말은…….

"하지만, 그래도 메구미라면, 용서해줄 거라는 기대를 품고 있어."

"네(토모야 군) 마음 속에 있는 나는 대체 얼마나 쉬운 여자인 거야……?"

내용 자체는 좀 그렇지만, 그 숨결에 담긴 온기를 나에게 전해줬다.

"이제 그만 대답해주지 않겠어?"

"방금 그 말을 듣고 진지하게 대답할 마음이 싹 사라졌어……."

"약속은 지키란 말이야."

느긋하게 대화를 나누고 있는 우리 사이의 거리는 얼추 3

센티미터 정도였다.

"아~, 그래도 이렇게 되면 대답을 하던 안 하던 별 차이 없지 않을까?"

"그래도 나는 대답이 듣고 싶어."

볼이 바짝 붙어 있고 코끝도 살짝 닿았으며, 서로의 숨결 또한 느껴졌다.

"그러니까…… 나는 지금 여기에 있잖아?"

"그래서?"

"싫었으면 확 돌아가 버려도 되는데, 일부러 어리광까지 부려가며 돌아오면서까지 여기에 있잖아?"

"대답해줘."

"하아~, 정말. 너무하네~."

"괜한 소리 하지 말고, 빨리 대답해줘."

"뭐, 나도 토모야 군의 말에 따르면, 될 대로 되라는 식인데다 매사에 대충 대충 이잖아~."

"그게 어쨌다는 거야?"

"그러니까, 계속 고백을 받다보면 성가셔져서 받아줄 것 같지 않아?"

"……그게 내 고백에 대한 대답인 거야? 나, 확 믿어버린다?"

"그걸 내가 어떻게 알아~."

"만약 이 상황에서 네가 확 태도를 바꿔버리면, 나는 평생 여자를 못 믿게 될 거야."

"정 못 믿겠으면, 직접 시험해보면 되겠네."
"그럼…… 시험해, 본다?"
"멋대로 해~."
메구미가 도발을 하듯 입술을 내민 순간…….
"아……."
"왜 그래?"
"바, 방금……."
"어, 왜?"
"살짝, 닿았어……."
"아……."
그렇다. 메구미가 내민 입술이 투덜대고 있던 나의 입술에 한순간 닿았다.
『몇 번이든 포기하지 않고 고백』을 시험해보기도 전에 고백이 성공 한 것 같은…….
"방금 그건…… 안 한 거야."
하지만 메구미는 우연에서 비롯된 사고를, 달콤하면서도 단호한 목소리로 부정했다.
"그, 그래……. 안 한 거구나."
"더 확실하게 찰싹 달라붙어야만, 키스라고 할 수 있어."
싫으면 관두게 하면 될 텐데, 메구미한테서는 관두려는 기색이 느껴지지 않았다.
"확실하게라면…… 어느 정도를 말하는 건데?"

"그러니까…… 으음, 3초 이상?"
"바닥에 떨어뜨린 음식을 주워 먹는 것도 아니고……."
"아~. 그러고 보니 그런 3초 룰이 있긴 했지~."
오히려 우리가 처음으로 치르는 이 의식의 장애물을 더욱 높여 놨다.

"그, 그럼…… 다시…… 도전한다?"
"응……."
그렇다. 그러니, 이번에야말로…….
이번에야말로, 우리가 오늘 처음으로 도달할 장소까지…….

"으음, 저기, 메구미……."
"왜?"
"좋아, 해."
"몰라~."
"좋아해."
"됐거든~."
"좋아해."
"나는 싫어~."
"진짜로 좋아해."
"아~, 그래? 잘 됐네~."

“……저기, 메구미.”

“……왜?”

“내가 몇 번 고백하면 오케이해줄 거야?”

“도중에 멈추면 리셋되거든?”

“우와, 리셋은 너무하잖아~.”

“힘내~.”

“그러니까, 좋아한단 말이야~.”

“토모야 군, 약간 질린 거 아냐?”

“그렇지 않…… 음, 좋아합니다! 좋아합니다!”

“……뭐, 방금은 세이프야. 횟수에 포함시켜줄게.”

“이제 좀 적당히…… 좋아해.”

“아…….”

“왜, 왜 그래?”

“그러고 보니 토모야 군은 아직 수염이 안 났네. 매끈해.”

“어, 왜 지금 그런 소리를…… 아앗?!”

“아~, 유감이지만 리셋 됐어~.”

느긋하게 시치미를 떼고 있는 메구미의 얼굴은…… 이제 보이지 않았다.

왜냐하면 메구미와 나는, 내 얼굴에 수염이 없다는 것을 알 수 있을 만큼, 메구미의 부드러운 볼의 감촉을 직접적으로 느낄 수 있을 만큼, 밀착해 있기 때문이다.

"하아, 정말. 좋아한다고 몇 번이나 말했잖아."

"말에 진심이 어려 있지 않아~."

"좋아해, 좋아해, 좋아해, 좋아해~."

"여러 번 말한다고 좋은 것도 아니란 말이야~."

"메구미를 좋아해."

"슬슬 내가 질릴 것 같네~."

"진짜로 좋아해."

"진짜, 라는 말을 쓰지 않더라도 알고 있어."

"좋아해."

"……………………응. 나도 좋아해."

"으음……."

그리고 메구미가 고백을 하면서 드러낸 그 짧은 틈을…….
나는 놓치지 않았다…….
"으, 응……."
"……으."
1초, 2초…….
"으읍……."
"하아……."
그리고, 3초…….
"……."
"……."
그리고 그것의 열 배가 넘는 시간을…….
우리는 서로에게서 입술을 떼는 것을 잊은 채, 몸 곳곳을 뒤엉키게 했다.

그러자…… 우리 집 샴푸, 그리고 우리 집 치약의 향기가 코끝을 스쳤다.

※ ※ ※

뭐…….
그 일은…… 그날 밤, 그 후에 다양한 『진도』를 뺐을 거라는 상상을 하게 하는 내용이었지만…….

결국, 겁쟁이 오타쿠인 나, 그리고 그런 나를 완벽하게 신뢰하고 있는 메구미가, 『고백을 한 당일에』 더 이상 진도를 뺄 수 있을 리가 없었다.

한동안 여운에 잠겨있던 우리는 평소와 마찬가지로 각자의 이부자리에 들어가서 불을 끄고, 잠시 동안 이야기를 나눈 후, 「잘 자」라는 인사를 나누며 잠에 빠져들었다.

그리고 오전 다섯 시에 맞춰둔 알람을 듣고 눈을 뜬 후, 메구미는 등교를 위해 일단 집으로 돌아갔다.

……아, 그러고 보니 우리 집을 나서기 전에 두 번 정도 키스를 했지.

한 번은 내가 메구미에게…….

그리고, 한 번은 메구미가 나에게 했다.

제2장

여기서부터 에필로그라고 해도 과언이 아닙니다.

11월 2×일(금) 오전 9시 제1회 미팅(합숙 전 오리엔테이션)

『좋은 아침이야, 「blessing software」 멤버 여러분. 다들 어제는 잘 잤어?』

날짜는 윗줄을 참조하면 알 수 있을 것이며, 장소는 바로 내 방이다.

가을이라 바깥 날씨는 꽤 서늘한데도 불구하고, 이 방안은 높은 인구밀도에서 비롯된 열기로 가득 차 있었다.

『만약 충분히 잠을 못 잤다면 자기 몸 상태를 신경 쓰도록 해. 오늘부터 시작될 합숙은 지금까지와는 비교도 되지 않을 무시무시한, 그야말로 지옥의 사흘간이 될 테니까.』

하지만 현재, 내 방에서 울려 퍼지고 있는 이 목소리의 주인은 방 안의 온도를 높이는 데 기여하고 있지 않았다.

즉, 테이블에 놓인 노트북 컴퓨터의 화면을 통해 얼굴을 비추고, 스피커를 통해 목소리를 전하고 있었다.

『그럼 우선 이번 합숙의 최종 목표에 대해 합의하도록 할까……. 이번 합숙의 골은 시나리오, 그래픽, 연출, 음악 등 모든 소재의 완전 패키지화. 그리고 그것들을 하나의 게임으로서 완성하는 거야.』

디스플레이에 비친 얼굴은 갈색 파마머리 리얼충 미남 자식이었으며, 스피커에서 흘러나오는 목소리 또한 부자연스러울 정도로 시원시원했다. 이렇게, 남자를 짜증나게 하는데 천부적인 재능을 타고 난 이 남자의 이름은 하시마 이오리.

『최종 완성 기한을 2주 후로 잡고, 월요일부터 디버그에 집중하기 위해서라도, 이번 주말에 모든 루트를 끝까지 플레이 가능한 수준까지 완성하고 싶어. ……그럼, 질문 있어?』

내가 다니는 토요가사키가 아니라 도립 오료 고등학교에 다니고 있는, 나와 동갑인 고등학교 3학년. 그리고, 우리 서클인 『blessing software』의 프로듀서&디렉터&조정자.

『그럼 다음은 각 파트의 현재 진척 상황을 확인…….』

"수고했어요, 프로듀서. 뒷일은 저희한테 맡기고 빨리 등교하세요."

"아, 메구미. 이건 좀……."

……하지만 중요한 이야기를 하는 도중에 스카이프 통화가 강제적으로 중단될 정도로, (일부) 멤버에게는 인망이 없다.

"하지만 저 프로듀서가 말했다시피, 오늘부터 사흘 동안은 정말 바쁠 거잖아. 그러니까 인사 같은 건 대충 끝내고 빨리 작업을 시작하자."

"뭐, 뭐어, 그러는 편이 나을지도 모르지만……."

그래도 이오리가 방금 말했다시피, 오늘부터 사상 최대의 합숙이 시작된다.

"그럼 각 파트의 현재 진척 상황을 확인하자. 이즈미 원화는 어떤 상황이야?"

지금 이곳에 모인 멤버는 최근 들어 서클 안에서 사나운 위세를 떨치고…… 존재감을 늘려가고 있는 서클 부(副) 대표, 카토 메구미와…….

"예~. 스탠딩CG는 전부 완성했어요! 이벤트CG도 지금까지 지정된 것들은 전부 완성했고요~. 이제 오늘 확인할 시나리오에 신규 이벤트가 얼마나 들어갈지를 두근거리는 가슴을 안고 기대하고 있어요!"

요즘 들어 『blessing software』의 슈퍼 에이스로서 정착한 느낌인 캐릭터 디자인 및 원화 담당이자, 토요가사키 학원의 1학년이고 이오리의 여동생인 하시마 이즈미와…….

"음악 쪽은 어때? 효도 양."

"으음~, BGM은 전부 녹음을 마쳤고, 보컬곡 쪽도 얼추 수록이 끝났어. 이제 오늘 짤 시나리오에 맞춰 메인 히로인의 엔딩곡을 조정하기만 하면 돼~."

요즘 들어 걸즈 밴드 『icy tail』의 가희(歌姬)로서 도쿄의

라이브 하우스를 석권하고 있을 뿐만 아니라, 『blessing software』의 음악 담당이기도 하며, 츠바키 여자고등학교의 3학년이자, 겸사겸사 내 친척이기도 한, 효도 미치루와…….

"……아무래도 다들 시나리오가 완성되기만 기다리고 있는 것 같아, 토모야 군."

"오늘 아침에 완성했습니다! 늦어져서 죄송합니다앗~!"

그리고 『자기 서클을 내팽개치고 상업 게임 제작에 빠져 지내던 배신자』로서 주가가 하락세인 『blessing software』의 대표 겸 시나리오라이터, 아키 토모야 이렇게 총 네 명입니다.

"오늘 아침…… 그럼 밤샘을 한 거야? 토모야 군, 괜찮아?"

"아, 내가 시나리오를 오늘까지 마무리 못 지어서 다른 사람들의 작업에 지장을 끼치게 된다면 더욱 괜찮지 못할 것 같거든……."

"뭐~, 학교를 빼먹으면서까지 합숙에 참가했는데 시나리오가 완성 안 되어서 작업을 못한다면 말짱 꽝이잖아."

"아, 미치루는 수업이 끝난 후에 참가해도 되는데……."

참고로 미치루 이외의 토요가사키 학생들이 평일인데도 불구하고 학교에 안 가고 이곳에 모일 수 있었던 것은 오늘이 매년 가을의 정기행사인 토요가사키 문화제 첫날이기 때문…….

사실 문화제에도 참가해야만 하지만 수업을 빼먹는 것보

다는 죄책감이 덜한데다, 대부분의 서클 멤버들은 작년에도 문화제에 거의 참가하지 않았거든.

"아무튼, 다들 시나리오가 완성되기만 기다리고 있는 것 같네. 그럼 오전에는 각자의 작업을 하지 말고, 완성된 시나리오를 다 같이 체크하도록 할까?"

"좋아요~! 그럼 저는 이벤트CG의 장수와 구도를 체크해 볼게요~."

"그럼 나는 추가 BGM이 필요한지 체크해봐야겠네."

뭐, 다들 고등학생인데도 불구하고 본업인 학업을 태만히 하는 것을 전혀 개의치 않으며 작업 분담을 척척 해나갔다.

"으으, 미안해……. 내 시나리오 완성이 늦어진 바람에……."

"응. 그러니까 토모야 군은 죄책감에 시달리면서, 다른 사람들에게 방해가 되지 않도록 얌전히 구석에 처박혀 있어."

"……저기, 말이 너무 심한 거 아냐?"

"작업속도가 느려터진 시나리오라이터를 신경써줄 필요는 없지 않아?"

"저기, 진짜로 말이 너무 심한 거 아냐?!"

그리고 그들의 중심에서 멤버들에게 척척 지시를 내리고 있는 이는 프로듀서(이오리)가 없는 이 상황에서 가장(대표보다) 잘난, 서브 디렉터(메구미)였다.

"그런 한심한 태클을 걸 짬이 있으면 빨리 침대에 들어가서 잠이나 자."

"뭐……."

"밤샘을 한 사람이 오늘부터 시작될 지옥의 사흘을 버틸 수 있을 것 같아? 그러니까 조금이라도 체력을 회복시켜둬."

"메구미……."

그리고 겸사겸사 대표이자 시나리오라이터인…… 나를 챙겨줬다.

"그러니까 효도 양은 한동안 토모야 군을 깨우지 마. 기타 치고 싶으면 헤드폰을 연결해서 쳐. 그리고 점심때까지 침대에 숨어드는 것도 금지야."

"에이~. 카토, 그건 횡포야~. 독재자~. 악처~."

"미치루 선배, 그러니까 꼭 시누이 같아서 패배자 느낌이 팍팍 나요……."

점심 이후라면 오케이인 거구나…….

※ ※ ※

11월 2×일(금) 정오 제2회 미팅(시나리오 회의)

"『메구리27』, 꽝, 전부 폐기. 다시 써."

"어느 부분이 문제인 건데~?!"

내가 서브 디렉터를 칭송하고 약 세 시간이 흘렀을 즈음…….

"어느 부분? ……전부 다 꽝이야. 토모야 군은 쓰면서 그런 것도 눈치채지 못한 거야?"

"눈치 못 챘거든?! 지금도 이 순간에도 눈치채지 못했다고! 어젯밤에 엉엉 울면서 쓴 시나리오라고! 내 혼이 담긴 시나리오란 말이야!"

잠시 눈을 붙인 덕분에 완전히 회복된 나를 기다리고 있는 것은 유능하고 상냥한 애인의 지적이라는 이름의 전면 부정이었다.

"이, 이즈미와 미치루도 같은 의견이야? 내 시나리오가 그렇게 형편없었어?"

"예? 아, 아뇨. 저는 멋진 엔딩이네~ 하고 생각했는데요……."

"맞아. 나도 꽤 괜찮은 이미지가 떠올랐어. 그런데 카토가 「이건 절대 세상에 내놓을 수 없다」고……."

"이유가 뭐야?!"

게다가, 아무래도 독단으로 부정한 것 같았다…….

뭐, 『혼이 담긴 시나리오』라고만 말해서는 이 시나리오가 좋은지 나쁜지 파악할 수 없을 테니 보충 설명을 하자면…….

그녀들이 체크한…… 즉, 내가 오늘 제출한 시나리오는 메인 히로인 『카노 메구리』 루트의 최종 이벤트 『메구리27』이다.

지난번에 제출한 시나리오 부분에서 어찌어찌 사귀게 되었고, 러브러브하던 두 사람은 어떤 일 때문에 엇갈리게 되었다. 그리고 메구리는 눈물을 흘리며 멋대로 행동하는 주인공에게 헤어지자고 말하지만, 그녀를 포기하지 못한 주인공은 메일을 통해 계속 자신의 마음을 전했고…….

그리고 이번 시나리오에서는 그런 두 사람의 관계에 마침표가 찍힌다.

메구리는 겨우 주인공을 용서했다.

하지만 『용서 못해』에서 『용서할게』로 마음이 변하는 사이에는 기나길고, 성가시며, 또한 정열적인 의식이 필요했다.

그녀는 그와 떨어져 지낸 동안 느낀 괴로움, 슬픔, 그리고 애틋함을, 하나하나까지 상세하게 그에게 전했다.

그리고 그에게 그 하나하나 변명……이 아니라 열정적인 사죄, 그리고 화해의 키스를 요구했다.

……『메구리27』은 대체적으로 이런 느낌이다.

뭐, 줄거리만 이렇게 읽어봐서는 흔하디흔한데다, 어째서 이런 게 재미있다고 자부심을 가지고 말할 수 있는 건지 이해가 안 될지도 모른다.

하지만, 그래도 나는…….

"내 혼이 담긴 러브러브 시나리오거든?! 현 시점에서는 이것보다 나은 걸 쓸 수 없다고 단언할 수 있을 정도로 자부심이 담긴 작품이란 말이야!"

"아~ 그래도, 왠지 마음에 안 들어."

"그러니까~, 이유가 뭐냐고오오오오오~!"

나는 이 『메구리27』이 재미있다는 확신을 가지고 있기에, 메구미가 이렇게 부정하는 이유를 짐작조차 할 수 없었다.

"그게…… 꼭 말로 설명 안 하면 짐작이 안 되는 거야?"

그리고 메구미는 자신이 부정하는 이유를 구체적으로 알려주지 않으려는 것 같았다.

"역시 『전』에서 꽤 엇갈려버리는 게 불만인 거야? 하지만 이러는 편이 두 사람 사이의 인연이 더 깊어질 거라고 생각하는데……."

"아~, 그 부분은 이미 포기했으니까 괜찮아."

"그럼 메구리가 주인공을 너무 순순히 용서하는 게 마음에 안 드는 거야? 두 사람의 관계가 더 어긋나면서 엉망진창이 되는 편이 나은 것 같아?"

"그런 생각이 안 들었던 것도 아니지만 그래도 그게 본질은 아냐."

"……으음, 일단 그 점이 조금은 마음에 안 든다는 거지?"

메구미는 내 추궁을 교묘하게 피하면서, 부정적인 아우라가 담긴 눈길로 나를 노려보았다.

만약 내가 「제대로 설명해줘야 이해할 거 아냐!」 하고 외치면서 화냈다간 적반하장 식으로 더욱 화낼 것만 같은, 그런 일촉즉발의 분위기가 감돌았다.

"으음~, 카토가 이렇게 나올 정도로 엉망이라는 거야? 나는 꽤 괜찮다고 생각하는데."

"미, 미치루……?"
"맞아요. 마지막 화해 장면에서는 저도 가슴이 엄청 두근거렸어요!"
"이, 이즈미……."
그리고 사실 다른 멤버들은 메구미가 아니라 나를 지지하는 추세였으며…….
"뭐랄까~. 토모의 문장이 좀 기분 나쁘기는 하지만…… 그래도 오타쿠가 아니더라도…… 아니, 그 누구라도 받아들일 수 있는 문장이라고 생각해~."
"아~, 이해했어요. 주인공은 보는 제가 다 질릴 정도로 메구리를 좋아한다는 게 느껴지거든요~."
"엄청 마음에 든 사랑 노래 같은 것도 냉정한 상태에서 가사를 읽어보면 좀 깬다는 느낌이 들 때가 있잖아?"
"맞아요! 바로 그런 느낌이에요! 그리고 그 광기에 물들면서 더욱 감정이입하게 된다니까요~."
"……어이."
아마도, 아니, 틀림없이 칭찬이겠지만, 왠지 나를 비정상적인 인간으로 취급하고 있는 코멘트였다. 나는 그런 말을 듣고 답답한 느낌을 받으면서도…….
"으음, 그러니까 메구미."
"대체 카토는 어디가 마음에 안 드는 거야?"
"구체적으로 말해주지 않으면 알 수가 없다고요~."

그래도 나는 크리에이터 동료들(미치루와 이즈미)에게서 용기를 얻으며, 다시 한 번 최후의 보루…… 서브 디렉터(메구미)를 쳐다보았다.

"그, 그건…… 그, 그냥 싫은 거야."

"혹시, 그저 카토의 개인적 감성 문제인 거야?"

"그런 걸로 시나리오를 폐기 처분하는 건, 아무리 서브 디렉터라도 좀 너무한 것 같은데요……."

"그 이유가 전부는 아닌데…… 뭐랄까, 지금 이 자리에서는 설명하기 어렵다고나 할까……."

그리고 대안을 내놓지도 않으며 하염없이 반대만 하고 있는 이 최강의 야당은 우물쭈물하면서도 호소하는 눈길로 우리를 노려보고 있었다.

……아니, 우리가 아니라 나만 노려보는 것 같은데?

"저기…… 나는 메구미가 문제점이라고 여기는 부분을 파악한 후, 제대로 고치고 싶어……."

나는 그 호소하는 것 같은 시선을 받아들인 후, 진지한 표정을 지으며 메구미를 보았다.

"그러니까 나쁘다고 느껴지는 부분을 정확하게 말해줬으면 해. 그리고 내용에 대해서도 명확하게 논의하고 싶어."

"아니, 그러니까 그런 게 아니라……."

내가 진지한 태도를 취하자, 메구미는 난처한 표정을 지으며 고개를 돌렸다.

"그래도 이 말은 꼭 해야겠어……. 나는 진심으로 이 『메구리27』이 최고라고 믿어!"

"저기, 토모야 군……."

그래도 나는 자신의 생각이 정답이라고 주장하듯, 눈치 없이 메구미에게 단숨에 다가갔다.

"적어도 나는, 현실에서 그렇게 가슴이 두근거렸던 적이 평생 단 한 번도……."

"거봐. 역시 이 이벤트는 실제 경험담이었다니깐."

"본인이 실토를 해버렸네요~."

"나는 아무 것도 모르고, 짐작 가는 구석도 없어. 전부 토모야 군의 망상이라고……."

"응?"

그리고, 아무래도 지뢰를 밟고 만 것 같았다.

※ ※ ※

11월 2×일(금) 오후 0시 30분 제3회 미팅(시나리오 회의, 연장전)

『오호라……. 그래서 멤버들 사이에 의견이 갈렸다는 거야?』

"……뭐, 어쩌다 하다 보니 결정을 내릴 수 없는 상태가 됐어. 이오리는 어쩌면 좋을 것 같아?"

이러쿵저러쿵 하다 이 자리의 최고 권력자를 화나게 한 우리는 독으로 독을 제압하는 느낌으로, 코브라와 몽구스를 싸움 붙이는 심정으로, 현재 학교에 있는(지금은 점심시간) 메인 디렉터(이오리)에게 스카이프 통화를 통해 판결을 구했다.

“하아, 카토는 대체 어느 부분이 마음에 안 든 걸까……. 키스의 묘사가 너무 생생한 게 마음에 안 드는 걸까?”

“이 『두 사람의 뒤섞인 타액이 두 입술을 실처럼 잇고 있다』는 표현이 문제인 걸까요? 모처럼 묘사에 충실한 이벤트 CG의 러프까지 완성했는데~.”

『아~, 아~, 나는 아무 것도 안 들려. 효도 양과 이즈미는 입 좀 다물어주면 좋겠는데~.』

참고로, 현재 스카이프를 통해 회의에 참가 중인 사람은 이오리만이 아니었다.

“우와~, 서브 디렉터가 또 횡포를 부려~.”

“횡포 반대~.”

『……두 사람, 내가 입 다물라고 했지?』

“……저기, 너희 사이의 파워 밸런스가 어느새 달라진 것 같거든? 무슨 일 있었던 거야?”

위의 기호 표기를 보면 알 수 있듯, 이런저런 일 때문에 삐친 메구미는 아래층의 부엌에서 농성을…… 아니, 부엌에서 점심 식사를 준비하면서 스마트폰으로 회의에 참가하고 있었다.

……그건 그렇고, 우리 서클에서는 다중 거점 커뮤니케이션이 꽤나 발달한 것 같네.

사람과 사람간의 커뮤니케이션은 거의 나누지 않는데 말이야.

『으음~, 실은 나도 아까 시나리오를 읽어봤는데…… 카토 양의 말처럼, 이 「메구리27」에는 문제가 있는 것 같던걸.』

『어……?』

"이오리?"

"오, 오빠……?"

"하, 하시마 오빠 쪽이 카토 편을 들었어?"

이런저런 말을 하는 사이…… 우리 서클에서 최고의 커뮤니케이션 장애 포인트였던 이오리와 메구미의 관계에 극적인 변화가 일어나려 하고 있었다.

『그래. 다른 사람들이 극찬을 한 화해 장면 말인데, 내가 보기에 이 부분에는 치명적인 결함이 있어. 아마 카토 양도 나와 마찬가지로 그 결함을 눈치챈 거겠지.』

"치명적인…… 결함이라고?"

"하시마 양, 그런 게 있었어?"

"글쎄요? 저는 모르겠는데요……."

지금까지 다양한 방침에서 의견이 맞지 않았던 디렉터와 서브 디렉터 사이에서 이뤄진, 첫 동맹은…….

최종 완성 기한 직전인 『blessing software』가 맞이한 최후의, 그리고 최대의 클라이맥스로서 후세에 널리—.

『그건 말이지……. 히로인이 제멋대로에 자의식 과잉, 그리고 거만한 탓에 유저들이 감정이입을 할 수 없다는 점이야.』

"어?"

"어?"

"어?"

『……어?』

……알려질 거라고 생각했는데, 아무래도 그건 내 착각인 것 같았다.

『이야 메인 히로인이 마지막에 이런 지뢰녀가 되어버리면 난리가 날 게 뻔해. 지금까지 그녀를 좋아했던 사람들까지 디스크를 박살내서 우리 서클에 보낼 레벨이라고. 아하하.』

『……무슨 소리를 하는 건지 모르겠네.』

"어, 어이, 이오리……."

그건 역시, 아니, 결국 (특정 인물을) 비꼬는 걸 좋아하는 디렉터의 동맹의 탈을 쓴 고도의 저속한 조롱에 불과했다.

그리고 역시, 아니, 결국 (특정 인물의) 조롱에 대한 내성이 낮은 서브 디렉터의 차분하면서도 극적인 반응을 유발했다.

『그런 지뢰 히로인에게 손이 발이 되도록 싹싹 빌어? 토모야 군이 만든 주인공은 완전 마조히스트네. 카토 양도 그렇게 생각해서 폐기하라고 한 거지?』

『왜 그런 결론에 도달한 건지 꼭 알고 싶네. 디렉터 주제에 상상력이 정말 빈약하잖아』

"어, 어이, 메구미……?"

스피커에서 흘러나오는 메구미의 목소리는 거의 알아들을 수가 없었다.

"어? 이 소리는 뭐지?"

"그, 글쎄요……?"

하지만 그건 메구미의 목소리가 작기 때문이 아니라, 크고 일정하게 들리는 잡음 때문이었다.

그렇다. 식칼로 식재료를 다질 때에 도마가 자아내는……것치고는 과하게 힘이 들어가 있다는 걸 알 수 있는 소음이었다…….

『이야, 메인 히로인의 지뢰가 터지는 소리 같은걸? 아하하.』

『~~~~~(무슨 말을 계속 중얼거리는 것 같지만 전혀 알아들을 수가 없다).』

"둘 다 그만 좀 해애애애애애애애~!"

※ ※ ※

아니, 뭐, 평소와 마찬가지(?)로 멤버들 간의 뜨거운 토론 끝에…….

결국, 내가 제출한 최종 시나리오는 경사스럽게도 멤버들 전원의 만장일치로 통과…….

※ ※ ※

11월 2×일(금) 오후 3시 제4회 미팅(시나리오 회의, 다시 연장전)

"……다시 써와. 내용이 정말, 정말, 정말, 마음에 안 들거든."

"뭐어어어어어어어~?!"

……되지 않았다.

지금 내 눈앞에 있는 것은 붉은색 펜과 포스트잇으로 장식된 두꺼운 종이 다발과…….

체크된 부분을 하나하나 지적하면서 대량의 문제점을 제기하려 하는 흑발 롱헤어 미녀가 있었다.

"드디어 시나리오가 완성됐다기에 효도 양에게 보내달라고 해서 체크해봤는데, 윤리 군은 아직 홀로서기엔 이른 것 같네……. 어쩔 수 없이 내가 똑바로 세워줄게. 아프지 않도록 섬세한 손길로 말이야."

"으음, 지도를 해주는 건 고맙거든요? 그래도 오해사기 딱 좋은 표현을 일부러 섞는 테크닉 좀 쓰지 말아주면 안 돼요? 우타하 선배."

"그것보다 카스미가오카 선배는 그것 때문에 일부러 대학교에서 여기까지 온 건가요……?"

소오 대학교 1학년, 카스미가오카 우타하.

반 년 전까지 토요가사키 학원에 다녔고, 『blessing software』에서 시나리오를 담당했던, 옛 서클 멤버.

"……뭐, 사와무라 양의 집에 가는 도중에 잠깐 들른 거야. 『필즈 크로니클』의 DLC에 관한 회의를 해야 하거든."

그리고 고등학생 시절부터 프로 작가로서 활동했고, 현재는 콘슈머 게임메이커, 마르즈의 대작 RPG인 『필즈 크로니클XⅢ』의 시나리오를 담당하고 있는, 신진기예 시나리오라이터.

"디앨씨? 그게 뭔데? 하시마 양은 뭔지 알아?"

"아, 효도 선배. 그건 말이죠. 다운로드 콘텐츠라고 하는 건데, 게임 발표 후에 인터넷으로 전달되는 추가 이벤트나 추가 캐릭터 같은 거예요."

"흐음~, 요즘 게임은 패키지를 발매하면 그걸로 끝인 게 아니구나~."

"예. 그래도 게임이 발매되기 전부터 급하게 만드는 게 좀 수상하네요. 혹시 게임 완성 기한이 지난 후에 발각된 치명적인 버그를 고치기 위한 패치……."

"……하시마 양, 엄격한 품질 관리에서 출하된 콘슈머 게임에 버그 수정 패치 같은 건 존재하지 않아. 당신도 프로가 될 거라면 기억해둬."
"카스미가오카 선배, 왜 그렇게 노려보는 거예요?!"
하지만 지금은 상업의 어둠에 삼켜질 위기에 처한 느낌이 들었다.
아니, 뭐, 아무튼…….
"그, 그런데 우타하 선배, 내 시나리오의 어디가 문제인데요? 지적해준 부분을 전부 수정할 테니, 허심탄회하게 말해주세요!"
"저기, 토모야 군? 아까 『현 시점에서는 이것보다 나은 걸 쓸 수 없다고 단언할 수 있을 정도로 자부심이 담긴 작품』이라고……."
"메구미, 사태라는 건 시시각각 변하는 거라고!"
우타하 선배가 지도 해주는 것이다. 프로…… 아니, 스승님의 가르침을 받을 흔치 않은 기회를 날려버릴 수는 없다.
"……흐으으으으음~."
"……내 영혼이 담긴 시나리오가 신급 시나리오가 될지도 모른다고~. 이해해줘~."
……뭐, 현재 내 얼굴을 무덤덤하게 노려보고 있는 메구미를 달래야 하겠지만.

"사실, 『메구리27』의 화해 장면에는 문제가 없어. 키스 장면의 묘사도 잘 썼어. 역시 경험자는 다르네, 윤리 군."

"그런 괜한 서론은 필요 없으니까 결론만 말해달라고요!"

그 후, 우타하 선배는 프린트한 시나리오를 테이블 위에 펼치더니, 체크된 부분을 가리키면서 내 옆에 찰싹 붙어서 구체적으로 지적하기 시작했다.

"……."

"저기, 하시마 양? 방금 누구와의 키스를 언급한 걸까?"

"저한테 묻지 말아 주실래요?!"

그리고 우타하 선배에게 쫓겨난 형국이 된 다른 세 명은 일단 테이블에서 조금 떨어진 위치에서, 나와 선배의 처절한 러브러브…… 시나리오 리딩 배틀을 멀찍이서 쳐다보았다.

"문제가 있는 건 바로 『메구리 에필로그』야……."

"예……?"

"에필로그……."

"『메구리 에필로그』? 하시마 양, 그런 게 있었어?"

"있었어요……. 엔딩 이후에 『그로부터 반 년 후』라는 장면으로 시작되는 거 말이에요."

"아, 아~, 뭔가 있었던 것 같기도, 그냥 넘겨버린 것 같기도, 대충 훑어보고 넘긴 것 같기도 한데……."

"뭐, 『메구리27』의 10분의 1 정도 분량이었고, 미소녀게임에서 흔히 볼 수 있는 전개였으니까요. 그다지 인상에 남지 않는 것도 당연해요."

"그런 마음가짐은 좋지 않아, 하시마 양…… 아니, 윤리 군."

하지만 우타하 선배는 그런 도발적인 태도를 취하면서도, 결코 두루뭉술한 조언으로 얼버무리며 넘어갈 생각은 없는 것 같았다.

“『끝이 좋으면 다 좋다』의 『끝』이 클라이맥스 장면을 가리킨다고 오해하는 사람이 있을지도 모르지만…….”

입술이 닿을락 말락할 만큼 밀착된 상태에서 내 눈을 응시하고 있는 우타하 선배의 눈빛은 진지하기 그지없었으며, 말투와 태도 또한 진지함이 묻어날 정도로 엄격했다.

“하지만 진짜로 이야기가 끝나는 건 에필로그…… 이 부분을 대충 쓰면 지금까지 쏟아온 노력이 전부 수포가 될 수도 있어. 바로 『끝이 나쁘면 다 나쁘다』가 되는 거지.”

“저, 저기, 하지만 딱히 대충 쓴 건 아닌데…….”

“그럼 영혼을 담아 최선을 다해 썼다고 자부할 수 있어? 이게 자신의 모든 것을 쏟아 부어서 완성한 에필로그라고 가슴을 펴며 말할 수 있는 거야?”

“우, 우타하 선배……?”

“방금 들었다시피, 효도 양은 에필로그가 있었다는 것도 제대로 기억하지 못했어……. 서클 멤버조차도 기억하지 못하는 시나리오를, 당신은 이대로 이 세상에 내놓을 생각인 거야?”

뭐, 에필로그의 내용을 설명하지 않으면, 좋은지 나쁜지를 판단하기 힘들 테니 보충설명을 하자면…….

『메구리27』 이후, 엔딩에 돌입한다. 그리고 스태프롤의 끝부분에 서클 로고가 표시됐을 때, 한 번 더 화면을 클릭하면 『메구리 에필로그』가 시작되는 것이다.

그것은 『메구리27』로부터 반 년 후…….

메구리와 주인공은 손을 맞잡은 채, 벚꽃이 흩날리는 언덕길을 걷고 있었다.

두 사람은 이 계절에 이 장소에서 자신들이 만났다는 것을 그리움이 묻어나는 목소리로 이야기하더니, 그 후에도 이런저런 일이 있었다고 이야기하며 웃는다.

그리고 마지막에는, 「앞으로도 쭉 함께 하자」고 말하며, 장래에도 함께할 것을 맹세한다…….

"하, 하지만…… 에필로그잖아요? 이야기가 끝난 후의 덤이라고요."

"그렇다고, 이렇게 무미건조하고 밋밋한 전개에 가치가 있다고 생각해?"

"가치라니…… 두 사람의 행복이 앞으로도 계속될 거라는 안도감이랄까……."

"바로 그거야! 왜 이 주인공은 애인이 생겼을 뿐만 아니라, 그 애인과 같은 대학교에 들어가서, 앞으로도 인생이 성공할 거라는 게 약속된 것처럼 묘사되고 있는 건데? 지금까지 메인 히로인의 뒤꽁무니만 쫓아다니기만 했지, 그 외에는 아무런 노력도 하지 않았잖아!"

"으윽! 미소녀게임에서 그런 걸 따지는 거예요?!"

"연애라는 이야기는 여기서 끝나더라도, 인생이라는 이야기는 앞으로도 계속될 거잖아? 이 시나리오에는 그런 깊이가 없어. 그래서 허무맹랑하게 느껴지는 거야."

"깊이가 없고 깔끔한 게 미소녀게임의 장점이라고요! 허무맹랑하게 느껴지기 때문에, 마음 놓고 모에를 느낄 수 있는 거잖아요?!"

"아냐. 그래서는 안 돼……. 이 주인공은 더욱 괴로워하고, 좌절을 겪으며, 더욱 고뇌해야만 한단 말이야……."

"그, 그럼 대체 어떻게 하면 되는데요?"

"으음…… 예를 들자면 에필로그에서 예전에 이런저런 일이 있었던 옛날 애인과 재회한 후, 그 뒤로 엎치락뒤치락하는 진흙탕 삼각관계를……."

"그런 건 에필로그라고 부르지 않거든요?! 최종장이라고요!"

우타하 선배의 감사하기 그지없는 조언은…….

뭐, 절반 정도는 진심에서 우러난 불만일지도 모르지만, 남은 절반은 미소녀게임의 법칙을 깔끔하게 무시한 어이없는 트집에 지나지 않았다.

그래서 최종적으로는「아, 예. 알았어요. 참고할게요~」같은 말로 대충 얼버무리면서 해산~ 같은 느낌으로 갈 거라고 생각했다.

하지만…….

“우타하 선배는 대체 『전』이 필요 없다는 말을 몇 번 해야 이해해줄 거죠……?”

“카토 양, 나도 몇 번이나 말했을 텐데? 『전』을 넣을지 말지 정할 사람은 이야기의 신(윤리 군)이라고 말이야.”

“그럼 그 신(윤리 군)이 결정한 『전』이 없는 에필로그를 뒤집어엎으려 하는 당신은 대체 뭐죠……?”

“어, 어이, 메구미……?”

“글쎄, 뭘까? 어쩌면 신조차 현혹하는 악마(옛날 여자)일지도 몰라.”

“큭…… 예전 서클 동료로서 조언을 해주는 건 감사해요. 하지만, 조언이라면 몰라도 스토리의 방향성(메인 히로인의 행복)에 참견해달라는 말은 단 한 번도 한 적이 없거든요?”

“물론 나도 조언만 할 생각이야. 하지만 그걸 채용해서 방향성을 바꿀지 말지 판단할 사람은 어디까지나 신(주인공)이거든?”

“으…….”

“으…….”

“저, 저, 저기! 두 사람 다 왜 갑자기 흉흉한 분위기를 형성하는 거야?!”

“뭐…… 뻔하잖아. 안 그래? 하시마 양.”

“예, 뻔하네요. 미치루 선배…….”

어느새, 내가 모르는(걸즈 사이드 3) 곳에서, 웃고 넘어갈 수 없는 인간관계가 형성된 것 같은 느낌이 드는데…….

※ ※ ※

그런 엉망진창으로 뒤엉킨 인간관계…… 아니, 뜨거운 논의를 거친 후, 최종적으로 내 시나리오는 미세 수정되기는 했지만, 그래도 경사스럽게도 완성이 되었다.

그리고 해가 저물어갈 즈음, 우타하 선배는 당초의 예정대로 에리리의 집으로 이동했으며, 남은 멤버는 각자가 맡은 파트의 작업을 다시 시작했다.

메구미는 투덜거리면서도 스크립트를 짜기 시작했다.

때때로 텍스트를 작은 목소리로 읽으면서 테이블에 헤딩을 하거나, 볼을 찰싹찰싹 소리가 나게 때리거나, 죽은 생선 같은 눈빛으로 휴식을 취했다. 메구미의 그런 각양각색의 행동이 무섭기도 하고 귀엽기도 하고 섬뜩하기도 했다.

미치루는 다시 작곡에 몰두하기 시작했다.

그녀 또한 때때로 시나리오를 읽으면서 「크크큭」 하고 히죽거리거나, 열심히 기타를 치거나, 눈시울을 붉히면서 머리를 감싸 쥐는 등, 섬뜩한 행동을 했다.

……뭐, 남들이 시나리오 집필 중인 나를 보면서도 비슷한 감상을 느꼈을 테니 나도 다른 사람을 가지고 왈가왈부

할 자격은 없을지도 모른다. 게다가 그녀들이 이런 기행 끝에 얼마나 엄청난 아이디어를 떠올릴지를 생각하면 오히려 가슴이 뛸 지경이었다.

하지만, 다들 그렇게 격렬한 반응을 보이는 가운데…….

대조적일 정도로 침묵에 휩싸여 있는, 서클 최연소 멤버이자 서클에서 최고로 중요한 포지션인 이즈미는…… 시나리오를 끝까지 읽은 후, 스케치북을 꺼냈지만, 펼치지는 않았다. 그리고 그녀는 눈을 감았지만, 잠이 든 것 같지는 않았다.

명상에 잠긴 건지 망상에 빠져든 건지 알 수 없는 가운데, 시간만이 조용히 흘러갔다…….

※ ※ ※

11월 2×일(금) 오후 8시 제5회 미팅(이벤트CG 방침 회의)

"일곱…… 장?!"

"예! 그게 이 최종 시나리오와 에필로그에서 필요한 이벤트CG 숫자예요!"

그리고 몇 시간 후, 뭔가를 확신한 것처럼 눈을 치켜뜬 이즈미는 이제부터 자신이 해야 할 작업의 볼륨을 우리에게 알려줬다.

"다툼 장면에서 한 장, 눈물 장면에서 한 장, 화해에서 러브러브까지에서 세 장! 그리고 에필로그에 쓰일 전원 집합 그림과 메구리 단독 그림! 이렇게 총 일곱 장이에요!"

"일곱 장이라니…… 저기, 이즈미 양."

"그래, 하시마 양도 드디어 라스트 스퍼트에 들어가는 구나!"

"하지만 일곱 장 남은 시점에서 라스트 스퍼트를 했다간, 아무리 이즈미라도 도중이 힘이 바닥나버릴 텐데……."

다른 모든 멤버…… 방금 합류한 멤버이자 이즈미의 오빠인 이오리조차도, 우리 서클 에이스의 폭주 때문에 어이없어했다.

"그럼 지금부터 러프 작업에 착수할게요! 토모야 선배, 저와 함께 구도를 짜봐요♪"

"잠깐만, 이즈미……. 아무리 그래도 일곱 장은 힘들 것 같아……."

이 상황을 보면 짐작이 되다시피 이즈미가 주장한 일곱 장은 전부 신규 이벤트CG다.

즉, 이제부터 러프를 그리고, 선을 깨끗하게 딴 후, 색칠까지 해야 하는 건데…….

이즈미의 현재 속도로도 한 장을 완성하는데 『빨라도』 하루는 걸릴 정도의 작업 볼륨인 것이다.

"하지만, 하지만, 장수를 더 줄이는 건 안 된단 말이에요~!"

"하, 하지만, 다른 히로인들은 대부분 세 장 정도……."

"그 정도로는 안 돼요! 메구리는, 메구리는…… 메인 히로인이잖아요!"

"아……."

"으……."

나와 메구미는 억지를 부리는 걸로도 볼 수 있는 이즈미의 폭주를 어떻게든 말려보려 했지만…….

그녀의 영혼이 담긴 외침을 들은 순간, 우리는 동시에 숨을 삼켰다.

"게다가, 게다가, 최종 시나리오의 메구리는 너무 귀엽다고요! 마지막 러브러브 신을 읽으면서, 저는 머릿속에서 바닥을 데굴데굴 굴러다녔어요~!"

"그, 그래……?"

"……."

"으, 이건 그야말로 최고의 엔터테인먼트예요! 이 부분이 픽션이든, 논픽션이든, 그딴 건 아무래도 상관없어요!"

"픽션이거든?! 100퍼센트 상상의 산물이거든?!"

"으~~~."

그리고 그녀가 입에 담은 괜한 한(논픽션 의혹) 마디를 듣고, 우리는 동시에 수치심으로 범벅이 된 리액션을 취했다.

"아무튼, 일곱 장 이하로는 절대 줄일 수 없어요! 애초에 이렇게 원화 작업 기한이 줄어든 건 최종 시나리오의 완성이 대폭 늦어진 탓에…….”

“아, 정말! 그 이야기는 하지 마!”

자연스럽게 남의 마음에 비수를 꽂고 있는 원화가 님을 서클 대표 및 서브 디렉터조차도 말리지 못했고, 음악 담당은 아예 말릴 생각이 없으며, 프로듀서 겸 오빠는 쓴 웃음을 지으면서 고개를 절레절레 젓는 포즈를 취해 주위 사람들이 짜증을 느끼게 했다.

그리고 결국, 최종적으로는 원화가의 억지…… 아니, 의견을 우선해서『뭐 일단 우선시하면서 작업을 진행해보자』라고 하는, 스케줄 적으로 최악의 판단을 내리게 됐다.

나는 이 시점에서 이 문제가 해결됐다는 생각이 들지 않았다.

가장 마음에 걸린 것은『마감까지 앞으로 일곱 장』이라고 하는, 어딘가에서 들어본 적이 있는, 그 장수였다…….

※ ※ ※

11월 2×일(금) 오후 9시 제6회 미팅(이벤트CG 방침회의, 연장전)

“남은 이틀 동안 일곱 장? 안 돼, 안 돼! 말도 안 돼! 인간적으로 불가능해!"

"그건 해봐야 알 수 있는 거잖아요, 사와무라 선배!"

"그리고 그 판단은 네가 1년 전에 내렸어야 했었다고, 에리리……."

그 장수가 마음에 걸린 이유는, 지금 눈앞에서 흔들리고 있는 금발 트윈 테일을 보자 머릿속에 떠올랐다.

"그때 기한 안에 작업을 마치지 못했기 때문에, 이렇게 진심어린 충고를 할 수 있는 거야……. 뭐, 완성된 그림 자체는 나 스스로도 신들렸다는 생각이 들 정도의 완성도였지만, 역시 역경은 인간을 성장시킨다니깐."

"……토모야 선배, 죄송한데 진짜로 도전해봐도 될까요?"

"그러니까, 말리는 척하면서 부추기지 좀 말아줄래?!"

이 금발 아가씨는 바로 토요가사키 학원 3학년, 사와무라 스펜서 에리리.

초등학생 때부터의 내 소꿉친구이자, 반년 전까지 『blessing software』에서 원화를 담당했던, 옛 서클 멤버다.

"메구미한테서 상황을 듣고 걱정이 되긴 했는데, 역시 와보기 잘했네……. 대표나 되어서 스태프의 폭주도 못 막는 거야? 너는 1년 전에 그런 일을 겪고도 전혀 성장하지 않았나 보구나."

"뭐, 대꾸할 말이 없지만, 1년 전에 폭주한 당사자에게 이런 소리를 듣는 내 입장이 되어보라고……."

게다가 우리 서클에서의 폭주…… 아니, 활약을 인정받아서 지금은 컨슈머 게임메이커인 마르즈의 대작RPG『필즈 크로니클XⅢ』의 캐릭터 디자인을 담당하고 있는, 저패니즈 드림을 이뤄내며 현재 급성장 중인 일러스트레이터다.

"애초에 자기 한계를 뛰어넘는 건 하루아침에 할 수 있는 게 아니야, 하시마 이즈미. 나도 오랫동안 슬럼프 때문에 힘들어하며 잠 못 드는 나날을 보냈지만, 의지해야 할 디렉터는 아무런 힌트도 주지 않았다니깐……."

"됐어. 피곤해. 그냥 나는 최악 쓰레기 디렉터인 걸로 해……."

"아무튼, 결국 통조림을 해가며 자신을 철저하게 궁지에 몰아넣은 끝에 겨우 도달한 경지거든? 남들이 자기를 떠받들어주는 곳에서 즐겁게 그림을 그리는 애가 껍질을 깨고 성장할 수 있을 리가……."

"저, 지금 바로 나스 고원(高原)에 갈래요! 사와무라 선배, 별장 좀 빌려줄래요?!"

"절대 안 보낼 거거든?! 제발 부탁이니까 통조림만은 안 돼애애애애애~!"

그리고 그런 특대 프로젝트에 초빙되어서 서클을 관둔 후에도 이렇게 종종 얼굴을 비추며 우리의 현 에이스[이즈미] 원화가를 나쁜 쪽으로 부추기는, 어른스럽지 못한 애다.

그건 그렇고, 우리는 합숙을 하려고 아침 일찍 모여가지고 미팅만 줄곧 하고 있네.

“이즈미 양. 에리리의 말은 어른스럽지 못한데다 시비조에 사심이 잔뜩 들어 있지만, 내용 자체는 옳다고 생각해. 나도 이제부터 일곱 장이나 그리는 건 솔직히 힘들다고 봐.”

“……메구미는 엄호하는 척하면서 상대방의 등에 칼 꽂는 실력을 더욱 갈고 닦은 것 같네.”

“하, 하지만, 저의 이 끓어오른 열정은 어떻게 해야…….”

서브 디렉터인 메구미마저도 에리리의 편을 드는데도, 이즈미는 순순히 고개를 끄덕이지 못했다.

“저기, 하시마 이즈미. 네 문장 콘티를 살펴봤는데, 내가 보기에 세 장은 더 줄일 수 있어.”

“세 장이나……요?”

“응. 싸움 장면과 러브러브 장면 중 전반부 한 장, 그리고 에필로그의 전원 집합 그림이야. 특히 마지막 건 캐릭터 수가 많으니 실질적으로 세 장 분량에 맞먹을걸? 솔직히 말해, 이제 와서 그걸 그리는 건 무리야.”

에리리는 갑자기 태도를 바꾸더니, 진지한 목소리로 이즈미를 향해 그렇게 말했다.

“너는 아직 아마추어지만, 그래도 서클의 운명을 짊어지고 있어. 즉 『blessing software』의 생명선이잖아?”

“사, 사와무라 선배……?”

"생명선이나 다름없는 네가 동료들을 불행하게 만드는 선택을 해선 안 돼……. 1년 전, 그런 짓을 벌이고만 나니까, 이런 말을 할 수 있는 거야."

에리리는 진지한 표정을 짓더니, 크지는 않지만 힘이 어린 목소리로 그렇게 말하면서 자신의 말에 진심이 어려 있다는 것을 태도로 증명했다.

"그, 그럼 사와무라 선배는……."

그런 에리리의 목표이자 동경의 대상이기도 한 일러스트의 마음에서 우러난 말을 들은 이즈미 또한 진지하게 그리고 순순히 그 말을 받아들이려는 태도를 취…….

"그 세 장을 빼야 더 나은 작품이 될 거라고 말할 수 있나요? 그림을 줄여서 깔끔하게 정리하는 편이 완성도가 높을 거라고 단언할 수 있나요?"

"……."

"……왜 이 타이밍에 침묵하는 거야?"

……하는 것처럼 보였지만, 이즈미가 던진 마지막 질문에 에리리가 답하지 못한 바람에 분위기가 수상하게 흘러가기 시작했다.

"저기, 하시마 이즈미……."

"예, 사와무라 선배……가 아니라, 카시와기 선생님."

"너, 나를 쓸 생각 없어?"

"……왜 이 타이밍에 그런 제안을 하는 건데?!"

그리고 하늘에 먹구름이 잔뜩 끼더니, 금방이라도 게릴라성 호우가 쏟아질 것 같은 분위기가 흐르기 시작했다.

참고로 지금은 밤인지라 현실의 하늘이 어떤 상태인지는 알 수 없었다.

"이 작품은 처음부터 끝까지 너 혼자서 그려야만 해……. 하지만, 이제부터 너 혼자서 일곱 장을 다 그리는 건 역시 물리적으로 힘들어."

"그럼 어떻게 하면 좋을까요? 카시와기 선생님……."

"러프의 선 따기와 밑색칠처럼 손이 많이 가는 작업은 내가 하겠어. 러프와 선 수정, 완성처럼 그림의 방향성을 정하는 작업은 네가 하는 거야……."

"에, 에리리? 이즈미?"

"두 사람 다 왜 결의에 찬 대사를 읊고 있는 건데?!"

그리고 드디어 천둥소리가 주위를 뒤흔든 후…….

"토모야의 시나리오가…… 러브러브에 과도하게 치중한 게 문제야."

"그게 왜 문제인 거야? 작품의 콘셉트를 지켰을 뿐인데?!"

"메구리가, 정말, 끝내줄 정도로 귀여운 게 문제야……."

"어? 어라? 에리리, 왜 나를 노려보는 거야?"

내『blessing software』는 게임의 완성 직전에 암초에 걸리고 말았다.

"나를 따라올 수 있겠어? 하시마 이즈미……."

"잘 부탁드려요, 카시와기 선생님……. 저는 이 작품을 전작을 뛰어넘는 작품으로 만들고 싶어요! 카시와기 에리 원화 작품보다 뛰어난 작품으로 만들고 싶단 말이에요!"

"……사사건건 내 신경을 건드는 목표를 세우는 게 마음에 안 들지만, 그래도 좋아. 그럼 해보자, 하시마 이즈미!"

"잘 부탁드려요! 카시와기 에리 선생님!"

그리고 힘차게 악수를 나누고 있는 저 두 사람을, 서클 대표(나)도 디렉터(이오리)도 서브 디렉터(메구미)도 말리지 못했고…….

결국 우리 팀은 게임 완성 이틀 전에, 폭풍이 휘몰아치고 있는 암초 천지인 바다를 나아가게 되었다.

"아, 하지만 제 지시와 판단에는 100퍼센트 따라 주세요, 카시와기 선생님. 이 작품의 그래픽 치프는 저니까요."

"너, 그 자연스럽게 거만한 면 좀 어떻게 할 수 없는 거야?!"

※ ※ ※

"이야, 토모야 군. 일이 묘하게 돌아가고 있는 걸. 아하하."

"웃을 때가 아니라고, 이오리! 너, 후반부에는 입을 꾹 다물고 있었잖아! 어떻게 좀 해보라고, 프로듀서!"

"최종적으로 결정할 사람은 바로 너야. 서클 대표."

“……어이, 그런 식으로 말 돌리지 마. 짜증이 치솟는다고.”

그렇게 합숙 첫날이 무사……히는 아니지만, 시간적으로는 날짜가 바뀌면서 토요일이 시작되고 한 시간 정도 경과되었을 즈음이었다.

내 방……이 아니라 우리 집 거실 소파에 나란히 앉은 나와 이오리는 어제 있었던 일을 떠올리고 있었다.

역시 밤늦은 시간까지 같은 방에서 다수의 남자와 다수의 여자가 같이 있는 것은 좀 그렇다는 이유로(남자 한 명에 여자 다수는 왜 괜찮은 것이냐는 의문은 제쳐두기로 하고), 남자들은 2층에 있는 여자들이 부를 때까지 여기서 대기하기로 했다.

에리리는 자택으로 돌아가서 우타하 선배와 본업 쪽 일을 하며, 이즈미의 연락을 기다리고 있다.

그리고 이게 가장 중요한 건데, 부모님은 평소와 마찬가지…… 아니, 드물게도 외박 여행을 떠났다.

“그건 그렇고, 일곱 장…….”

“일곱 장이 되어버렸네.”

뭐, 거실로 쫓겨난 대표와 프로듀서는 노트북 컴퓨터로 작업을 하면서, 합숙 1일차의 반성회라는 이야기꽃을 피우고 있었다(뭐, 꽃이라는 표현을 쓰기에는 좀 밋밋한 광경이기는 했다).

“이오리, 진짜로 기한 안에 완성할 수 있을까?”

“이즈미의 예전 실적만으로 본다면 힘들 거야. 선화까지는 가능하겠지만, 색칠까지 완성하는 건 어려워.”

“뭐, 그렇겠지…….”

이즈미의 작업 속도는 확실히 경이적이다.

겨우 한두 시간 만에 세 자릿수에 달하는 스케치를 완성하는 등, 페이스가 오른 그녀의 붓은 단 한순간도 쉬지 않으며 종이 위를 질주한다.

하지만, 게임의 그래픽을 맡겨보고 안 것인데(아니, 어쩌면 당연한 거겠지만), 색칠 작업에서는 업계의 표준적인 스피드와 별반 다르지 않았다.

“하지만 이 서클의 작년 실적을 생각하면, 안된다고 단정 지을 수 없어.”

“하지만 그건 에리리가 쓰러질 정도로 무리한 결과인데…….”

게다가 작년의 그 터무니없고 무모하며 원통하기까지 한 무력감을 체험한 나로서는 이즈미에게 같은 짓을 강요할 수 없다.

“아무튼, 우리는 우리가 할 수 있는 일을 계속 하는 수밖에 없어.”

“할 수 있는 일…… 그게 뭔데?”

“글쎄……. 겨울 코믹마켓 당일에는 이벤트CG가 빠진 제품을 완성판이랍시고 발매한 후, 나중에 『연출 강화』를 사칭해 기가 단위의 새로운 소재가 포함된 패치를 웹 배포…….”

“사칭이라는 표현 쓰지 마! 엄연히 연출 강화『도』 한단 말이다!”

그렇다. 중요한 부분에 CG가 들어가 있지 않거나, 풀 보이스 사양인데 몇몇 부분에서 음성이 빠져 있거나, 쓸데없을 뿐만 아니라 치명적인 버그가 잔뜩 들어있는 것은 엄연히 초회 한정판의 사양이며, 결코 작업이 늦어진 것은 아니다(어디까지나 표면상으로는).

“뭐, 아무튼 시나리오를 완성한 토모야 군(시나리오라이터)은 스크립트 쪽을 도와줘야겠어. 만약 기적적으로 그림이 완성됐을 때, 게임 자체가 작동하지 않는다면 웃음거리가 될 테니까.”

“그래서 하고 있잖아…….”

나는 무릎 위에 놓인 노트북 컴퓨터의 키보드를 언짢은 듯이 두드렸다.

뭐, 내가 언짢은 것은 이오리의 말투 때문이 아니라, 그저 화면에 『시스템이 정지됐습니다』라는 공포의 다이얼로그가 표시됐기 때문이다.

하지만…….

“그러는 프로듀서(하시마 군)는 대체 뭘 하고 있는데?”

“아…….”

그런 우리의 대화에, 기본적으로 무덤덤하지만 미묘하게

감정이 어려 있는 목소리가 끼어들었다.

"이즈미 양과 효도 양은 최선을 다해 작업 중이고, 토모야 군은 시나리오가 완성된 후에도 작업에 전념하고 있는데, 한 사람만 아무 것도 안하며 농땡이를 부리고 있네."

참고로 테이블에는 커다란 접시에 담긴 샌드위치와 스파게티, 그리고 잠을 깨기 위한 용도로 끓인 커피가 놓였다.

……방금까지 부엌에서 능수능란하게 요리를 하던 인물(메구미)이 가져다둔 것이다.

"이야, 내 일은 프로듀스거든. 크리에이터들이 본격적으로 작업을 진행하면, 그들을 지켜봐주는 게 내 일이야."

"디렉터도 겸임하고 있지 않아? 그런데 스크립트를 짜는 모습을 한 번도 본 적이 없거든?"

"어, 어이, 메구미……."

"잘 들어, 카토 양. 스크립트를 짜는 건 원래 스크립터나 프로그래머 같은 연출 담당이 할 일이야. 우리는 인원이 작아서 서브 디렉터와 시나리오라이터가 겸임하고 있는 거지."

"그렇구나. 인원이 적구나. 그렇다면 프로듀서와 디렉터도 함께 열심히 작업을 도와야 하지 않을까?"

뭐, 지금은 가장 날선 어조로 말을 늘어놓고 있는 인물(메구미)이 되었다.

"유감스럽게도 내 일은 입을 놀리는 거지, 손을 놀리는 게 아니거든."

"……."

"아, 저기, 메구미. 이오리는 말이지……."

뭐, 메구미가 하고 싶은 말이 뭔지 알고, 이오리의 태도에도 문제가 있기는 하지만, 그래도 나는 이 논쟁에 있어서만큼은 이오리의 편을 들 수밖에 없다.

왜냐하면, 메구미는 모르지만 나는 알고 있었다.

이오리가 주말마다, 아니 평일에도 각종 매장을 돌면서 광고 활동에 전념하고 있다는 것을, 그리고 그것이 우리가 만들고 있는 신작의 사전 평판에 얼마나 공헌하고 있는지도 알고 있었다.

하지만…….

"이야~, 왠지 『초대받지 않은 손님 때문에 기분이 엄청 나빠졌지만, 남편의 체면을 세워주기 위해 열심히 요리를 대접하고 있는 새색시』 같은 태도가 카토 양에게 완전히 정착된 것 같은걸."

"으으으~~~~~~~~~~~~~!!!"

"아……."

내가 그걸 설명하면서 두 사람을 말리려던 순간, 이오리가 날린 최강의 도발이 메구미를 거실에서 부엌으로 순간이동시켰다.

……그리고 잠시 후, 엄청 거칠게 설거지를 하는 소리가 들렸다.

“어이, 이오리. 너도 적당히…….”

“토모야 군, 카토 양 앞에서 나를 감싸면 안 되지…….”

“뭐……?”

내가 불에 기름을 끼얹는 발언을 한 이오리에게 한 마디 하려고 한 순간…….

“네가 지금 내 편을 들면, 내가 그녀에게 얼마나 더 미움을 받게 될지 알기는 하는 거야?”

이오리는 안도한 표정을 짓더니, 메구미가 아니라 내 태도를 비난했다.

“어이, 방금 네 언동 때문에 이미 충분히 원망을 산 거 아냐?”

“하아…….”

내가 지당한(하다고 믿는) 질문을 던지자, 이오리는 반론 대신 연민에 찬 표정을 지으며 내 어깨를 두드렸다.

“잠깐만, 왜 연민에 찬 표정으로 쳐다보는 건데?! 나, 혹시 난청 둔감 쓰레기 주인공 같은 소리를 한 거야?!”

이오리는 내 말을 듣더니, 음흉한 표정을 지으며 히죽거리기 시작했다.

“그야, 토모야 군은 정식으로 그녀와 사귀기 시작했잖아?”

“……뭐?”

……참고로 말과 행동 또한 짜증날 정도로 핵심을 정확하

게 찌르고 있었다.

"오호라, 너는 숨기고 있다고 생각했구나. 그럼 아까 최악의 대처를 하려고 한 것도 납득……."

"자, 잠깐만 있어봐? 들킨 거야? 혹시 이미 딴 애들한테도 다 들킨 거냐고!"

"……뭐, 들켰든 들키지 않았든 커밍아웃은 해야겠지."

나는 방금 핵심을 정확하게 찔렀으면서, 내 질문에는 제대로 대답해주지 않는 이 남자가 정말 심술궂다는 생각이 들었다.

"……어이, 이오리."

"왜? 토모야 군."

어느새 부엌에서 들려오는 물소리가 멎었다.

그리고 내가 작업을 멈추자, 거실에서는 우리의 목소리만이 울려 퍼졌다.

"서클내 연애가 동료들 사이에 균열을 만들까? 지금까지 수많은 서클을 박살내왔던 이오리라면 경험해본 적 있을 거 아냐."

"……방금 발언을 들으니 조언해줄 마음이 싹 가시는걸. 뭐, 균열이 생기는 이유는 보통 바람기나 양다리, 코스튬플레이어와의 문란한 짓 때문이지. 그러니까 네가 앞으로 하렘 주인공이 되려고 하지 않는 게 중요하지 않을까?"

"그, 그렇구나……."

뭐, 세 번째 이유가 묘하게 구체적인 게 신경이 쓰이기는 하지만, 그래도 이오리의 대답은 꽤 현실적이었다.

그리고 지금의 나라면 그런 일을 일으키지 않을 거라고 자부할 수 있다…….

"하지만, 필요 이상으로 공공연하게 애정행각을 벌이는 것도 문제야. 예를 들어 이벤트 때 히로인 코스프레를 시킨 애인을 으슥한 곳으로 끌고 가서 엉큼한 짓을 하려다 우연히 도촬을 당했고, 그 사진을 인터넷에 올리겠다는 협박을 당한 애인은 너와 상의조차 하지 못한 채, 혼자서 수많은 남자들에게 유린……."

"그런 동인 게임은 만들지 않을 거라고! 이 서클에서는 절대 만들지 않을 거란 말이다! 그것보다 너, 코스튬 플레이어와 무슨 일 있었냐?!"

※ ※ ※

"쿠우우울…… 쿠우우우울~."

"……."

"바로 이거야아아아아아아아아아아아아아~!"

"……하아아아암~?"

"으, 응~?"

나와 이오리가 거실 소파와 바닥에서 동시에 눈을 뜬 것은, 커튼 사이로 스며드는 햇살 때문이 아니라…….

"만세에에에에에에~, 완성했어어어어어어어~!"

집 안쪽에서 들여오고 있는, 엄청 기운 넘치는 고함 소리 때문이었다.

"아침부터 대체 무슨 일이야……?"

"여, 여섯 시네……?"

떠지지 않는 눈을 억지로 뜨면서 목소리가 들려온 쪽을 쳐다보니, 그 소리는 문 너머의 복도에서 들려오고 있었다.

게다가 그 소리는 부엌에서 들려오는 것보다는 멀게 느껴졌고, 2층에서 들려오는 것치고는 가까웠다.

즉, 소거법으로 볼 때, 그 목소리가 들려온 곳은 욕실…….

"토모오오오~! 드디어 떠올랐어어어어~!"

"미, 밋짜아아아아아아앙~?!"

"……어이쿠."

내가 그런 소리를 하고 있을 때, 목소리의(미치루) 주인이 문을 걷어차며…… 아니, 밀어젖히며 거실로 뛰어 들어왔다.

"해냈어, 해냈어어어어어~! 완벽해, 토모! 역시 나는 대단하다니깐~!"

"대, 대, 대단……!"

게다가 방금 잠에서 깬 나를 향해 뛰어오더니, 루팡 다○빙을 감행했다.

……그건, 정말 엄청났다.

"이야~, 실은 밤새도록 생각했는데도~, 곡의 클라이맥스 부분이 떠오르지 않았거든~!"

"너, 너, 인마! 어이이~!"

"그래서 기분전환을 할 겸 샤워를 했는데~, 갑자기 머릿속에 멜로디가 떠오르지 뭐야~!"

"그렇지?! 너, 방금까지 샤워하고 있었지?! 그러니까 빨리 떨어져어어어~?!"

물에 흠뻑 젖은 데다, 목욕수건 한 장만 걸친 걸로 모자라, 차갑게 식었지만 부드러운 피부의 감촉까지…….

"어이, 이오리, 도와…… 어, 너 대체 어디 간 거야~?!"

"이야~, 토모야 군. 나는 아무 것도 못 봤어."

나는 근처에 있을 이오리에게 도움을 요청하려고 했지만, 어느새 부엌으로 도망친 그 녀석은 이 사태에 개입하는 것을 거절했다.

"빨리 이 녀석을 떼어내는 걸 도와달라고!"

"토모야 군, 무슨 소리를 하는 거야. 주인공 이외의 남자 캐릭터가 그런 이득을 볼 수는 없잖아? 아무리 나라도 그런 방면으로 독자들에게 미움을 사고 싶지는 않아."

"이 배신자아아아아아아아아아아아아~!"

결국, 밤샘 직후인데다 흥분 상태인 미치루를 혼자서 진정

시키는 것은 불가능했고…… 최종적으로는 우리의 시끌벅적한 목소리 때문에 깬 메구미가 그녀를 나한테서 떼어냈다.

……물론, 나를 엄청 노려보면서 말이다.

※ ※ ※

11월 2△일(토) 오전 8시 제7회 미팅(엔딩 테마 회의)

"메인 히로인 루트의 엔딩곡?"

"완성된 거야?"

"우와~, 드디어 완성했군요. 듣고 싶어요!"

……꼭두새벽에 그런 소동이 일어나고 약 두 시간이 흘렀다.

그 난리가 난 동안에도 홀로 방에서 축 늘어져 있던 이즈미를 깨운 우리는 메구미가 만든 주먹밥과 달걀말이, 그리고 비엔나로 구성된 아침 식사를 다 같이 먹었다. 그리고 사와무라 가에서 작업 중이던 에리리와 우타하 선배를 부르고, 그 두 사람이 도보로 5분 만에 이 집에 도착한다는 이벤트까지 마친 후…….

"뭐, 아직 미완성이지만 말이야~."

미치루는 기타를 들고 침대에 걸터앉더니, 자신만만한 표정을 지으면서 나를 비롯한 갤러리들 앞에서 이번 합숙에서 자신이 이룩한 최고의 성과를 어필하기 시작했다.

아, 참고로 위의(약 열네 줄 위부터) 대사를 누가 말한 건지는 말투와 뉘앙스를 통해 판단해주셨으면(애니메이션 2화 0화 참조) 합니다.

"이야, 이번에는 상당히 난산이었어~. 한 달 전부터 메구리 시나리오를 읽으면서 계속 머리를 쥐어짰거든. 게다가 엔딩 부분의 시나리오도 어제 겨우 완성됐잖아~."

"정말 죄송합니다!"

이즈미가 그려야 하는 일곱 장의 이벤트CG와 미치루의 마지막 곡을 통해 알 수 있듯, 전 단계(시나리오) 작업이 늦어지면 모든 작업에 영향을 끼친다는 것을 시나리오라이터 여러분은 자각해줬으면 한다.

뭐, 나도 포함이다.

"뭐, 하지만 이번만큼은 고민에 고민을 거듭한 끝에 꽤 괜찮은 곡을 완성했다고 자부해~. 나는 천재라서 파앗~ 하고 머릿속에 떠오른 건 부앗~ 하고 언어로 풀어내서 짜안~ 하고 완성하거든~."

"……재능이 뛰어난 건 좋은 거지만, 효도 양은 어휘도 좀 늘리는 편이 좋을 거라고 봐."

우타하 선배가 지당하기 그지없는 야유를 날렸지만, 미치루는 기타의 현을 가볍게 치면서 여유로운 표정으로 대답했다.

"뭐, 풍부한 어휘에서 비롯된 비평은 일단 내 곡을 들어보고 해줬으면 좋겠네~."

"미치루, 또 듣는 사람들을 울릴 작정인 거구나……. 좋아! 어디 한 번 해보라고!"

그 태도에서는…… 아니, 이 녀석은 항상 자신만만하지. 아무튼 이 녀석의 이런 태도는 내가 이번 곡 또한 엄청 기대할 수밖에 없다는 결론에 이르게 하기에 충분했다.

"그렇게 울 준비를 단단히 하면, 나도 부담을 느낄 수밖에 없는데~."

장난스러운 태도로 그렇게 대답한 미치루는 부담감을 전혀 느끼지 않는 표정으로 눈을 감더니, 기타의 현에 손가락을 댔다.

"어, 효도 양. 악보는 안 보는 거야?"

"그런 건 없어. 아까 「떠올랐다」고 내가 말했잖아?"

그리고 메구미의 질문에도, 당연한 소리를 하듯 여유롭게 대답했다.

"즉, 완성된 곡은 바로 여기에 있어……."

하지만 이 타이밍에 손가락으로 머리를 가리키는 게 아니라, 손가락 열 개를 들어 보이는 모습이 야생의 뮤지션답다고나 할까…….

"그럼 연주할 테니까, 똑똑히 잘 들어봐. ……그리고, 울음을 터뜨려!"

그리고 드디어, 미치루의 기타가 소리를 자아냈다.

전주(前奏)는 상상했던 것과 조금 달랐다.

뭐랄까, 상상했던 것보다 안타까운 느낌이 자제되고 있었으며, 생각했던 것보다 밝았다.

그것은 이야기의 종언보다, 시작을 알리는 것만 같았다.

잠깐만, 이건…….

"……."

"……흐음."

"아……."

"……응?"

"……어라?"

"이건……."

감탄의 목소리와 한숨이 들리는 와중에, 나와 마찬가지로 의문이 어린 목소리와 반응도 들려왔다.

참고로 그 반응은 2대4로 나뉘고 있었다.

"이건…… 주인공과, 히로인의……."

"만남 파트에서의 곡, 맞죠……?"

"……아~."

잠시 후, 4쪽으로 분류되어 있던 메구미와 이즈미가 내 목 깊숙한 곳에 박혀 있던 뼈의 정체를 정확하게 밝혀냈다.

"딩동댕~. 뭐, 약간 어레인지하기는 했어~."

그렇다. 이것은 『메구리01』이다…….

하지만, 시나리오의 『메구리01.txt』도, 이벤트CG의 『메구리01.jpg』도 아니라, BGM의 『메구리01.mp3』…….

"으음, 뭐가 어떻게 된 거야?"

"프롤로그의 어레인지 버전을 엔딩곡으로 삼았다는 거야?"

『메구리01.mp3』(원래 곡)을 들은 적이 없는 에리리와 우타하 선배만이 우리와 조금 다른 반응을 보이며 약간 당황한 듯한 목소리로 그렇게 말했다.

"딱히 날림 작업을 한 건 아니거든? 자아, 들어봐……."

"……어?"

"어, 어라?"

"이렇게 나올 줄이야……."

"어, 어이, 미치루……."

하지만 에리리와 우타하 선배의 의문에 대한 미치루의 대답 또한, 당사자인 두 사람이 아니라 다른 네 사람이 먼저 파악했다.

……왜냐하면, A멜로디가 시작되자, 그 곡은 『메구리03.mp3』으로 변화했기 때문이다.

『메구리03.mp3』은 주인공과 메구리의 초반 일상 이벤트에서 자주 쓰였던 곡이다.

두 사람이 핀트가 어긋난 대화를 나누면서 어이없는 상황이 연이어 벌어졌고, 그 탓에 메구리의 호감도가 올라갔는지 내려갔는지 알 수 없는, 그런 일이 『반복』될 때에 나오던 곡이다.

그래서 이벤트의 경향에 맞춰 코믹스러운 느낌으로도, 빠른 템포로도 쓰였다.

……뭐, 여기서는 전주에 맞춰 미묘하게 템포를 낮추는 어레인지가 더해졌다.

"어? 토모야, 뭐가 어떻게 된 거야?"

"즉, 메들리 같은 거구나?"

"……윽."

그리고 우타하 선배가 『메들리』라는 말을 입에 담은 순간, 나는 납득했다.

……그리고 내 생각이 옳다는 것을 증명하듯, B멜로디에 접어든 이 곡은 『메구리06.mp3』으로 변화한 것이다.

『메구리06.mp3』은…… 메구리의 개별 루트, 즉, 내가 고민을 거듭하면서 벽에 몇 번이나 부딪쳤고, 결국 메인 히로인 본인과 상의까지 해가면서 겨우 완성한, 그 『메구리15.txt』 이벤트 첫 부분에 나오는 BGM이다.

메구리가 겨우, 겨우, 주인공을 의식하더니 서서히, 서서히, 그를 남자애로 대하게 됐다.

그리고 내 머릿속에는 그 시나리오를 쓰기 위해 했던, 그 회의의 광경까지 떠올랐다.

11권 제7장

"아, 아……."

그 순간, 코 안이 시큰거렸다.

곧 클라이맥스에 접어드는 이 절묘한 타이밍에, 미치루의 책략에 완전히 걸려든 나는 완벽하게 준비를 마쳤다.

"토모야……?"

"윤리 군?"

"……."

"……."

그리고 내 반응에 대한 다른 이들의 반응은…… 이오리를 제외한 다른 이들은 두 가지 형태로 나뉘어 있었다.

에리리와 우타하 선배는 여전히 의아한 표정을 짓고 있었고…….

메구미와 이즈미는『이해한다』는 표정을…….

아니, 두 사람도『감정이 치밀어 오른』표정을 지었다.

『자…… 울어, 토모!』

『이, 이익…… 진짜 약아빠졌네.』

클라이맥스에 들어가기 직전…….

미치루는 의기양양한 표정으로 나를 쳐다보면서 씨익 웃었다.

그리고 거기서부터 드디어 미지의 영역에…….

이 엔딩곡의 오리지널 파트에 돌입했다.

그 클라이맥스의 멜로디는 메구리와의 이야기를 전체적으로 정리하는 것처럼 상냥했고, 또한 안타까웠으며, 행복으로 가득 차 있으면서도 쓸쓸함이 감돌았다.

자신의 뒤를 따라오거나, 옆에서 기대고 있거나 앞에서 손을 내밀어주고 있는 것 같은 그런 모든 느낌이 전부 담겨 있는 멜로디였다.

대부분의 사람들이 따뜻한 무언가를 느낄 수 있을 것만 같았으며, 따로 떼어놓고 들어도 정말 멋질 것만 같은 곡이었다. ……뭐, 어디까지나 개인적인 감상이다.

"으~~~!"

하지만 눈물샘이 충분히 자극된 나는 그런 개인적 감상에 저항할 수가 없었고…….

꼴사납게도, 그리고 부끄러운 줄도 모르며…….

완벽하게, 미치루의 함정에 걸려들고 말았다.

"아……."

"……."

"……윽."

"……윽."

역시, 이번에 내가 보인 행동에 대해 반응이 두 가지 형태로 나뉘었다.

전혀 이해하지 못하고 있는 에리리와 우타하 선배는 약간

분한 반응을 보였다.

그리고 메구미와 이즈미는 내 격한 반응을 보고 약간 질린 것 같았지만, 그래도 나에게 공감하는 것처럼 두 사람의 눈가는 촉촉이 젖어들었다.

분명 이 게임을 처음부터 플레이해본 인간에게 있어, 이 엔딩곡은 최악의 눈물샘 파괴 병기이리라.

……그것만큼은, 보증할 수 있다.

"으, 으, 으으…… 젠자아아아앙~."

다들, 노래를 연주하고 있는 미치루가 아니라 꼴사납게 엉엉 울고 있는 나를 쳐다보고 있었다.

하지만 엉엉 울고 있는 나를 꼴사납다고 여기는 이가 단 한 명도 없다는 것은 표정만 봐도 알 수 있었다.

왜냐하면, 이것이 바로 게임 음악의 위대한 특성이다.

메구리와의 만남을, 일상을, 그리고 연인이 될 때까지의 과정을, 현재 시점에서의 결말을…….

스토리와, 그림과, 음악과 함께 해온 이만이 맛볼 수 있는, 지고지순한 순간이다.

반대로 말하자면, 함께 해오지 않은 이는 깊이 공감할 수 없다.

그렇기에, 이것은 올바른 BGM이다.

……분하면, 이 게임을 처음부터 플레이해보라는 의미가 담겨 있는 것이다.

내가 꼴사납게 우는 사이, 이즈미가 쥔 연필이 스케치북 위에서 격렬하게 종횡무진하고 있었다.

에리리는 순식간에 완성된 이즈미의 그림을 보더니, 더욱 분한 표정을 지었다.

우타하 선배는 뭐랄까 패배를 순순히 인정한다는 듯이 개운한 표정을 지은 채, 미치루를 지그시 응시하고 있었다.

이오리는 스마트폰을 조작해서 방금 그 연주를(내 울음소리도 포함해서) 녹음하고 있었다.

그리고 메구미는…… 가장, 나와 비슷한 반응을 보이고 있었다.

어깨를 부들부들 떨면서, 얼굴을 보여주지 않으려는 것처럼 고개를 푹 숙이고 있었던 것이다.

※ ※ ※

11월 2△일(토) 오전 9시 10분 제8회 미팅(이벤트CG 진척 회의)

미치루가 악보가 없는데도 노 미스로 끝까지 신들린 듯이 연주한 곡을 즐기고…….

당연한 듯이 터져 나온 박수 소리에, 미치루가 새하얀 치아를 드러내며 화답한 직후…….

"좋았어! 러프 완성했어요!"

"뭐?! 벌써?!"

이즈미는 손에 쥔 스케치북을 힘차게 치켜들었다.

"미치루 선배, 어때요? 이게 방금 그 곡이 연주된 후에 표시될 메구리예요. 에필로그의, 가장 마지막에 나올 그림이라고요!"

"흐으으으음~, 그~렇~구~나~."

자신의 신들린 플레이에 미치루가 순식간에 그림으로 화답하자, 미치루는 구체적인 찬사 대신 만족감으로 가득 찬 환한 표정을 지었다.

그 스케치북에 그려진 것은, 메인 히로인인 메구리가 환하게 웃고 있는 모습이었다.

감정 표현이 대충이라든가, 남녀 간의 긴장감이 없다 같은 소리를 들어왔던, 그 초기 카노 메구리의 면모가 전혀 남아 있지 않은…… 아, 물론 메구리가 틀림없기는 했다. 그래도 게임 시작 당시의 그녀만 봐선 상상도 안 될 만큼 깊이 있는 표정을 짓고 있었다.

"사와무라 선배, 어떤가요?!"

"……잘난 체 그만하고 빨리 내놔. 선 따야 한단 말이야."

내 눈에는 최고의 걸작으로만 보이는 이즈미의 러프를, 에리리는 대충 낚아채더니 스캐너에 넣었다.

하지만 상업 작화 팀에도 집요할 정도로 수정 요청을 해댄 에리리가 순순히 납득한 것을 보면, 아마 그녀도 마음속으로는 나와 비슷한 평가를 내리고 있을 거라는 생각이 들었다.

“이즈미, 러프는 몇 장 남았어?”

아무튼 오늘 성과에 러프가 한 장 더 추가되면서, 우리의 게임 제작은 조금씩 골을 향해…….

“남은 거……? 이걸로 끝인데요?”

“뭐……?”

아니, 조금씩이 아니었다.

“방금 완성한 게 에필로그의 그림이잖아요? 그리고 에필로그의 그림은 가장 마지막에 그리는 거잖아요.”

“……마지막? 일곱 장째인 거야?”

“……그 뿐만 아니라, 이 애는 어젯밤에 선화 작업도 네 장이나 마쳤어.”

“……네 장? 선화 작업을?”

에리리가 한숨을 내쉬며 보충 설명을 하자, 나는 얼이 나간 듯한 목소리로 그렇게 말했다.

“……내 작업 속도로는 따라갈 수가 없을 지경이라니깐.”

그 한숨은 평소 그녀가 마르즈의 디렉터를 향해 토하던 것과 동일하다는 느낌이 들었다.

"자아! 선 따기, 선 따기! 이제 좀 흥이 나는 것 같아요, 사와무라 선배~!"

"자, 잠깐만! 나, 아직 본업 쪽이……."

"그럼 이쪽 일이 끝나고 나면 제가 도와드릴게요~."

"이익! 기어오르지 말란 말이야!"

이즈미 양과 에리리의 화기애애한…… 아니, 서로를 못 잡아먹어 안달 난 모습을 보니 나는 당황스러워 하면서도, 기대에 찬 시선을 보낼 수밖에 없었다.

이거…… 진짜로, 기한 안에 완성할 수 있는 거 아냐……?

※ ※ ※

드디어 모든 방향성…… 아니, 결의를 다진 『blessing software』는 그 후로 십여 시간 동안 미팅조차 가지지 않으며 작업에 몰두했다.

이즈미는 정오 즈음에 남은 그림의 선화도 완성했으며, 지금은 색칠에 몰두하고 있었다.

그 속도, 그리고 속도에 영향을 받지 않는 퀄리티는 이 1년 동안 같은 능력을 비약적으로 향상시킨 에리리조차도 「나, 역시 네가 싫어」 라는 말은 언짢은 어조로 입에 담게 했다.

그런 에리리는 이즈미의 성과물을 뜯어고치지는 않으면서, 구체적으로 어떤 부분을 고치면 좋을지 끈기를 가지고 조언을 했다.

상대를 존중하는 그 태도는 에리리가 반 년 동안 마르즈의 그래픽 담당자들을 거칠게 몰아붙이는 광경을 몇 번이나 봐온 우타하 선배에게 「애초부터 그런 태도를 취하란 말이야」 하고 말하게 했다.

그런 우타하 선배는 새롭게 제출된 시나리오만이 아니라, 내가 지금까지 집필한 모든 시나리오의 교정에 몰두해 있었다.

체크 부분이 세 자릿수를 넘어 네 자릿수에 도달한 바람에 프린트한 시나리오가 포스트잇 범벅이 되자, 항상 무사태평하던 미치루는 「선배는 여전히 집념이 강하네~」 하고 말하며 웃음을 터뜨렸다.

그런 미치루는 시끌벅적한 방 안에서 잡음이 전혀 들리지 않는다는 듯이 머릿속에 떠오르는 멜로디를 연주해보더니, 차례차례 신곡을 완성했다.

새로운 장면의 이미지를 떠오르게 하는 그 멜로디들은 한창 작화 작업 중인 이즈미가 「그만 좀 해요! 새로운 소재가 계속 떠올라서 작업을 못하겠다고요~!」 하고 한탄하게 했다.

"우와, 또 오타가 있네……."

나는 그런 격렬한 작업 현장에서 몇 미터 정도 떨어져 있는 거실에서, 우타하 선배가 차례차례 추가해주는 체크와 홀로 격전을 벌이고 있었다.

밖은 어느새 어둠에 휩싸여…… 아니, 시계를 보니 오후 열 시가 지났다.

방금까지 여자애들의(특히 미치루의) 환성과 고함 소리가 들려왔는데, 지금은 다들 지친 건지, 혹은 이웃들을 배려한 건지, 조용했다.

“목욕 마쳤어~.”

“오, 수고했어~.”

그런 조용한 거실에 오래간만에 울려 퍼진 여자애의 목소리는…….

“어디까지 진행됐어?”

“으음~, 겨우 공통 파트가 끝났네.”

목욕을 마치고 나게 다가온 내 연인(메구미)의 목소리였으며…….

“내일까지 전부 끝낼 수 있겠어?”

“……까딱하면 그래픽 쪽보다 이게 더 간당간당할지도 몰라.”

그리고 방금 욕실에서 나온 그녀는 당연한 듯이 내 옆에 앉더니…… 아, 물론 잠옷을 입고 있었다.

“흐음, 그럼 분담해서 빨리 끝내자. 프린트 좀 줘봐.”

“응…….”

참고로 이오리는 외출한 후로 아직 돌아오지 않았다.

“그럼 나는 이걸 할 테니까, 토모야 군은 그걸 해.”

“……메구미의 몫이 너무 적은 거 아냐?”

“나는 이것 말고도 할 게 있어. 서브 디렉터거든. 시나리오라이터에게 지시를 내리는 위치라고.”

“아~, 그렇습니까. 그렇군요~.”

뭐, 까딱 잘못하면 돌이킬 수 없는 실수를 저지를지도 모르는 상황 속에서, 나와 메구미는 나란히 앉아서 대량의 프린트를 노려보며 각자 노트북 컴퓨터로 텍스트 수정을 시작했다.

……일부러 단둘이 있는 건 아니니까, 오해하지는 마~.

“…….”

“…….”

잠시 후, 거실에서는 종이의 마찰음과 키보드를 두드리는 소리만 울려 퍼졌다.

그럴 수밖에 없는 것이, 우타하 선배의 체크 분량이 너무 방대한 것이다.

겨우 한나절 만에 완성했다는 게 믿기지 않을 정도의 볼륨인데다, 하나하나의 체크가 정말 세밀했다. 지금까지의 페이스를 고려해볼 때, 내일 끝낼 수 있을지 의문이 들 정도였다.

게다가 메구미가 도와준다고 해도, 남은 분량의 20퍼센트 정도 밖에 안 되니 결국 대부분 내가 해야…….

“……어?”

"왜 그래?"

"아무 것도 아냐……."

지금 보니, 내가 맡은 80퍼센트의 시나리오는 다섯 명의 히로인 중에 네 명의 히로인 분량이었다.

그리고 소거법적으로 생각해볼 때, 메구미가 현재 맡은 시나리오는 즉, 간단히 말해, 메인 히로인인 카노 메구리 시나리오였다.

"……."

"……왜 그래? 내 얼굴에 뭐가 묻기라도 했어?"

"……아냐."

그 선택이 어떤 의미를 가지는 걸까.

보고 싶은 게 있는 걸까.

보고 싶지 않은 게 있는 걸까.

……아마 내가 직접 확인해보지 않는 한, 그것은 영원한 수수께끼로 남게 될 것이다.

"……."

"……."

그 후, 침묵에 잠긴 우리 사이에서는 담담히 시간만이 흘렀다. 우타하 선배의 체크가 너무 상세했던 것이다.

거의 모든 장면에 체크가 되어 있으며, 앞뒤의 대화와 묘사를 고려해가면서 스토리에도 간섭하고 있었다. 결국, 그

부분을 수정하기 위해서는 앞뒤 부분을 다시 읽어봐야만 했다.

결과적으로, 모든 시나리오를 처음부터 다시 읽어봐야…….

"……윽."

"어? 왜 그래?"

"아, 아무 것도 아냐……."

이번에 의아한 소리를 낸 사람은 내가 아니라 메구미였다.

"헉……."

"대, 대체 왜 그러는 건데?"

"지, 진짜로…… 아무것도 아냐."

메구미는 시나리오 체크 도중에 갑자기 숨을 들이마시더니, 딸꾹질을 참듯 손으로 입을 막으며 잠시 동안 굳어 있었다.

하지만 곧, 아무 일도 없었다는 듯이 체크 작업을 다시 시작했다.

"으~~~."

"……어이."

"아, 아무 것도, 아니라니깐…… 흡."

그리고 또, 같은 반응을 반복했다.

"하응…… 아."

"……."

"……아무 것도 아니거든?"

"나, 아직 아무 말도 안 했다고."

뭐랄까, 좀 어폐가 있는 표현일지도 모르지만…….

왠지 메구미의 반응이, 점점 요염해지고 있는 느낌이 들었다.

"……으, 하앙."

"……."

"……토, 토모야 군? 왜 그래?"

"아, 아무 것도 아냐……."

그런 일이 몇 번 반복되자…….

나는 뭐랄까, 메구미가 저런 반응을 보이는 이유를 확인하기 위해, 은근슬쩍 그녀에게 다가가서, 그녀가 작업 중인 시나리오를 보았다.

"……아."

"그, 그러니까, 왜 그러는 거야?"

"아…… 아무 것도 아냐."

나는 메구미의 바로 옆에서, 그녀가 보고 있는 시나리오를 쳐다보았다.

하지만 그 시나리오에는 딱히 이상한 부분이 없었으며, 내가 집필한 메구리 시나리오의 문장만이 프린트에 적혀 있었다.

"으……."

"아……."

"어?"

"아, 으음…… 별거 아냐."

하지만 나는 메구미가 이렇게 불가사의한 태도를 취하는 이유를 어렴풋이 알 것 같았고…….

그 탓에, 나 또한 거동이 수상쩍어지기 시작했다.

"으~~~."

"……윽."

"아……."

"으……."

"그, 그러니까……."

"아무, 것도, 아니라니깐 그러네……."

메구미가 작업하고 있는 건 메구리 시나리오의 초반 파트……가 아니었다.

초반 부분의 작업은 미뤄놓고, 시나리오 마지막 부분의 수정 작업을 하고 있었던 것이다.

어제, 내가 제출한 『메구리27』…….

그 파트에는 주인공과 메구리의 화해, 그리고, 이 게임 최고의 러브러브 장면이…….

"윽…… 아."

"……윽."

내가 그런 생각을 하고 있을 때, 메구미가 작업 중인 노트북 컴퓨터의 커서가…….

키스 장면의 『으응, 쪼옥……』 이라는 부분에 도달했다.

"으~~~."

"으~~~."

게다가 그 주변에는 『좋아해……』, 『으, 으읍』처럼, 내가 바닥을 데굴데굴 굴러다니면서 쓴 문장이 있었다.

"……윽."

"으, 아……."

어느새…… 아니, 메구미가 왜 저러는지 살피기 위해 내가 다가간 탓이지만…….

나와 메구미는 서로의 어깨가 닿을 정도로 몸을 밀착시키고 있었다.

그런 내 눈앞에는 물기를 머금은 메구미의 머리카락, 그리고 촉촉한 목덜미가 존재했다.

게다가 그녀의 피부는 11월 하순인데도 불구하게 땀방울이 맺혀 있었다.

……그녀와 이렇게 몸을 밀착시킨 적은 예전에도 몇 번이나 있었다.

메구미는 나와 처음 만났을 때부터 스스럼없이 나를 대했고, 서로의 몸을 밀착시키는 것을 전혀 개의치 않았으며, 내가 의식하게 만들지도 않았다.

하지만 그것은 내가, 메구미를 『여자』가 아니라 『히로인』으로 여겼기 때문이다.

그리고 그녀 또한, 나를 『남자』가 아니라 『여자애와 같은 방에 단둘이 있어도 아무 것도 못하는 오타쿠』라고 여겼기 때문이다.

하지만 그 전제는 얼마 전에 박살이 나고 말았던 것이다…….

"으응……."

"커억……."

게다가, 꼭 이럴 때 거실은 정적만이 감돌았다.

2층에 있는 이들은 시끄럽게 떠들지도, 거실에 내려와 보지도, 그리고 기척을 숨긴 채 우리를 훔쳐보고 있지도 않았다.

왜 꼭 이럴 때면 아무도 우리를 방해하지 않는 거냐고…….

"……휴우."

"크……."

그런 고로, 우리는…….

폭발 직전인 상황을 쭉 유지할 수밖에 없었다.

합숙 중이니까 그렇고 그런 짓은 안 했거든? 진짜거든?

……그냥, 손만 맞잡았을 뿐이라고.

※ ※ ※

그렇게, 『blessing software』의 합숙은 사흘째인 일요일 밤까지 계속되었다.

그리고 멤버 전원(특히 이즈미)이 분투한 결과, 이번 주말에 기적적으로 모든 소재가 갖춰졌다.

우리는 드디어, 마지막 싸움에…… 겨울 코믹마켓에, 돌입할 수 있는 것이다.

……이 때까지만 해도 그렇게 믿고 있었다.

죄송해요. 헛소리 한번 해봤어요. 이제 아무런 사건도 일어나지 않는다고요!

제3장

여전히 중요한 이벤트를 아무렇지 않게 넘겨버리는 작품이네.

12월 31일.

그것은 12월 중에서는, 크리스마스 다음으로 중요한 날인 선달 그믐날이다.

대청소를 하고, 새해맞이 메밀국수를 먹고, 선달그믐날의 전통 인기 방송인 홍백가합전을 보고, 제야의 종소리를 들으면서 참배를 하기 위해 밤에 집을 나서는, 1년 중에서도 꽤 특별한 날이다.

……그러고 보니, 작년(6권 제7장) 이날에도 같은 느낌을 받았죠. 참고로 오늘은 코믹마켓 3일차이며, 지금 우리는 도쿄 빅사이트에 있습니다.

"우와, 종이박스가 산더미처럼 쌓여 있잖아……."

"원래는 작년에도 이랬어야 했다고……."

현재 시각은 오전 7시 30분이 약간 지났다.

차가운 바람이 불고 있는 린카이선 전철의 국제전시장 역에서 내린 우리는 한겨울의 이른 아침에 형성된 엄청난 인파를 헤친 후, 서클 티켓을 제시하며 의기양양하게 행사장에 들어갔다. 그런 나와 메구미를 맞이한 것은 벽 쪽에 배치된 서클 부스에 쌓여 있는, 폭과 높이가 1미터가 넘을 듯한 대량의 반입물이었다.

"전부 해서 2000개였지? 이렇게 보니 전부 다 팔 수 있을 거라는 생각이 안 드네."

"뭐, 우리 서클은 이렇게 대량으로 반입한 게 처음이니까 그런 생각이 드는 것도 당연해. 하지만 반입숫자를 언급하지는 마. 부스 앞에서 상자 숫자를 세고 있는 사람들에게 끝내주는 먹잇감을 주는 거나 다름없거든."

어제 사전 반입을 하면서 이 위용을 봤던 나는 그다지 놀라지 않았지만, 아직 코믹마켓에 익숙하지 않은 메구미로선 고등학생 5인조의 배포물치고는 양이 너무 많다는 생각이 드는 것도 당연했다.

"……뭐, 아무튼 빨리 준비를 마치자."

그래도 메구미는 그런 부정적인 반응을 금세 관두더니, 자신이 들고 온 가방을 열면서 부스 준비를 시작했다.

또한 테이블 위에 있는 전단지를 정리하고, 테이블보를 깐 다음, 광고판과 판매 목록을 설치하는 등, 무덤덤하게 작업을 진행했다.

"토모야 군은 최후미 간판을 준비해줘. 그리고 견본지? 라는 걸 준비해줄래?"

"알았어~."

이런 식으로, 좋은 일이든 나쁜 일이든 간에 전부 자연스럽게 흘려 넘기는 것이야말로 카토 메구미라는 여자애의 시원찮은 특성이자, 최고의 매력……이라는 것은 좀 편파적인 생각이려나.

뭐, 아무튼 우리는 몇 번이나 코믹마켓에 참가한 베테랑 서클 못지않게 준비를 척척 진행했다.

"좋은 아침이에요~!"

"아, 이즈미 양. 어서 와."

"오느라 수고 많았어~."

그리고, 나와 메구미보다 15분 정도 뒤늦게 세 번째 멤버(이즈미)가 도착했다.

"우와~, 곧 행사가 시작되는 거네요~! 매번 부스에 올 때마다 긴장된다니까요!"

작년에도 『rouge en rouge』에서 산더미처럼 쌓인 종이 상자를 봤던 이즈미는 메구미처럼 놀라지는 않았다. 하지만 우리 부스를 보더니, 약간 긴장한 것처럼 텐션을 끌어올리면서 기합을 넣었다.

"참, 이즈미. 이오리는 어디 있어?"

"어? 아직 안 왔나요? 아침에 일어나보니 오빠는 이미 집을 나섰던데요……."

언제나 순진무구한 이즈미의 옆에는, 그녀와 같이 올 줄 알았던 가족(오빠)이 없었다.

"그 사람이 부스에 들른 흔적은 없어. 그리고 연락도 없네……."

메구미가 또 이오리 때문에 짜증 섞인 반응을 본격적으로 보이기 전에 선수를 치자고 생각한 나는 이 대화에 마침표를 찍으려 했다.

"뭐, 이오리는 알아서 하게 둬. 일단 우리끼리 준비를 마치자."

"……토모야 군, 그렇게 멋대로 하게 둬도 괜찮은 거야?"

하지만 내가 제대로 설명을 해주지 않고 이렇게 관용적인 태도를 취하자, 메구미는 납득하지 않았다.

"애초에 그 녀석은 우리가 할 수 있는 일은 안 해."

"……그게 무슨 소리야?"

하지만 나는 이게 최선의 선택이라는 것은 알고 있는 것이다.

"아~, 맞아요! 오빠는 예전 서클에서도 부스 설치 같은 건 안 했어요. 부스에 있을 때도 제가 모르는 사람들과 계속 이야기를 나누더라니까요……."

그렇다. 이오리는『자신만이 할 수 있는 일』만 한다.

준비회와의 교섭, 다른 서클과의 관계 구축, 상업 측에의

홍보 등, 서클에 이익이 되지만 남들이 보기에는 무슨 목적으로 저러는 건지 이해할 수 없는 일만 해댔다.

"그러니까, 이오리가 여기 있으면 짜증이 더 날 거야. 차라리 오늘은 없는 편이 나아."

……뭐, 나 또한 서클의 대표가 되기 전에는 그 녀석이 하는 일을 전혀 이해하지 못했다.

"……흐으으으으음~."

"아직 납득 못한 거야?"

하지만 내가 몇 년이나 걸려서 겨우 이해한 뒷사정을, 오타쿠 경력 2년 마이너스 알파인 메구미가 이해하는 것은 어려울지도…….

"너희 둘 사이의 괴상한 신뢰관계 때문에, 왠지 화가 나려고 해."

"이유가 뭐야?!"

……알고 보니, 문제는 다른 곳에 있었다.

"오~, 다들 열심히 하고 있네~!"

"좋은 아침이야, 효도 양."

"좋은 아침이에요, 미치루 선배!"

"왜 이렇게 늦은 거야?!"

그리고 우리보다 한 시간 늦게 온 이즈미는…….

"그야~, 우리 집은 여기서 엄청 멀잖아. 너희와 같은 시간에 일어나더라도 여기에 오는데 한 시간은 더 걸린단 말이야.”

“그럼 한 시간 일찍 일어나서 오면 되겠네…….”

서클 입장이 마감되기 직전에 겨우겨우 마지막 멤버(미치루)가 도착했다.

“뭐, 됐어. 아무튼 포스터를 붙이는 걸 도와줘. 키가 큰 편인 네가 올 때까지 일부러 기다렸다고.”

“그건 괜찮은데…… 우리 서클 쪽 분위기는 작년보다 더 험악하네.”

“사전 평판이 좋은 거라고 여겨…….”

미치루가 주위를 둘러보면서 낮은 목소리로 말했다시피, 우리 부스 앞에는 이벤트 개시 한 시간 전인데도 불구하고 이미 지옥도를 연상하게 했다.

아직 행사장 안에는 서클 참가자만 있는데, 왜 쇼핑이 목적인 걸로 보이는 참가자들로 북적…… 뭐, 이 점에 대해서는 더 언급하지 않겠다. 아무튼, 수십 명이나 되는 사람들이 우리 부스 앞에 집결해서 반입물을 사진으로 찍거나, 누군가와 통화를 하면서 상의를 하거나, 준비회 스태프의 「자, 아직 줄서지 마세요~」라는 지시를 무시하며, 명백하게 우리 부스의 배포물을 노리고 있었던 것이다.

하아, 올해도 트위터태그 『#blessingsoftware』는 무시무시하겠네…….

"뭐, 이 서클은 작년에 제대로 사고를 쳤으니까 말이야."

"이오리……."

"오빠, 대체 어디 갔던 거야?!"

행렬이라고도 할 수 없을 만큼 무질서한 인파를 가르면서, 검은색 정장 차림의 갈색 머리(이오리) 경박남이 바람처럼 등장했다.

"작년 겨울 코믹마켓에서는 겨우 100장만 배포했어. 하지만 그 배포물은 매장 위탁을 통해 5000장이나 팔아치운 전설의 소프트가 되었지. 게다가 그 작품을 만든 스태프 중에는『필즈 크로니클XⅢ』의 카스미 우타코, 카시와기 에리 콤비가 있었으니…… 관심을 받지 않는 게 이상하지 않을까?"

"이번에는 그 두 사람이 참가하지 않았는데 말이지……."

"그런 건 중요하지 않아. 설령 이번에 멤버가 바뀌었더라도, 설령 이번 작품의 시나리오라이터가 생초보일지라도, 우리는 전설을 만든 서클이야. 그 사실에는 변함이 없어, 토모야 군."

"너는 그때 참가하지 않았지만 말이야. 그리고 나도 내가 생초보라는 걸 알고 있으니까, 꼭 집어서 말하지 마."

……이오리는 내 푸념을 개의치 않으면서 부스 안으로 들어오더니, 내 어깨를 두드리며 귓가에 입을 대고 귓속말을 했다. 너무 가깝다고.

"뭐, 그래도 괜찮아. 준비회와 상의해서, 행사 시작 전에

이 사람들을 저 문을 통해 밖으로 보내기로 해뒀거든. 판매를 시작하면 그다지 압박감이 심하지는 않을 거야.”

이오리는 그렇게 말하면서, 우리 부스의 옆에 있는 방화문을 가리켰다.

“그리고 내 지인 몇 명에게 줄 정리를 도와달라고 이야기해뒀어. 미안하지만 그쪽은 토모야 군이 맡아줘.”

“……일처리 하나는 여전히 빠르네.”

이 동인건달은 행방불명된 동안에 여러모로 손을 쓰고 다닌 것 같았다.

“그 대신, 토모야 군이 자리를 비웠을 동안에는 카토 양을 중심으로…….”

“알아서 잘 할 테니까 조용히 사라져주면 안 돼?”

뭐, 이오리가 얼마나 대단한 녀석인지를 일부 멤버(메구미)는 이해하지 못한 것 같지만…….

아니, 이해하더라도 똑같은 태도를 취할 게 틀림없지만 말이다.

※ ※ ※

9시 반이 지나자, 행사장 안을 돌아다니는 것이 금지되었다.

그리고 밖으로 이어지는 셔터가 열리더니, 대기업급…… 즉 셔터 앞 서클로 향하는 참가자들이 밖으로 빨려나갔다.

그리고 잠시 후, 우리 서클 앞에 집결해있던 사람들이 문을 통해 밖으로 빨려나가자, 우리 부스 앞은 겨우 평온을 되찾았다.

그렇게, 행사 시작 10분 전에야 준비를 얼추 마친 우리는 잠시 한숨을 돌렸다.

“으음, 그럼 한 마디 할게…….”

그렇게 잠시 여유가 생긴 순간…….

누군가의 권유로…… 뭐, 메구미 말고는 그런 걸 할 사람도 없지만 말이다.

“드디어 우리 『blessing software』의 두 번째 도전이 시작됩니다.”

아무튼, 싸움을 앞둔 우리는 서클 대표로서 동료들 앞에 섰다.

“우리는 이번에 커다란 목표를 하나 가지고 있었습니다.”

“목표? 하시마 양, 그런 게 있었어?”

“뻔하잖아요…… 『우리를 버리고 간 그 배신자들을 해치워버리자!』일 거예요.”

……이즈미가 도발적인 어조로 말하기는 했지만, 그녀의 말은 정확했다.

에리리와 우타하 선배
나는 그녀들과, 승부를 하자는 약속을 했다.

그리고 절대 지지 않겠다고 말했다.

상업이니, 동인이니를 떠나, 반드시 이기겠다고 말한 것이다.

……뭐, 세세한 부분과 뉘앙스는 다른 느낌이 들지만, 아무튼 절대 지지 않겠다는 뜻을 밝혔다.

"하지만, 그 승부는 얼마 전에 결판이 났습니다."

겨울 코믹마켓이 시작되기 며칠 전의 일이다.

연말 판매 경쟁에서 태풍의 눈이 될 거라 여겨지는 콘슈머 소프트가 화려하게 발매됐다.

타이틀은『필즈 크로니클XⅢ』…….

기획, 스토리 원안, 캐릭터 원안을 인기 만화가이자 원작자인 코사카 아카네가 담당했다.

그리고 캐릭터 디자인과 시나리오를 상업에 처음으로 도전하는 신인 크리에이터인 카시와기 에리와 카스미 우타코가 담당한, 마르즈의 인기 시리즈 최신작이다.

발매 전부터 미려하면서도 압도적인 질감을 자랑하는 그래픽이 호평을 받은 이 타이틀은…….

발매 후, 시나리오를 비롯한 게임의 각종 내용물의 뛰어난 퀄리티 덕분에 평가가 급상승했다.

수십 시간이나 플레이한 끝에 도달한, 처절한 트라우마급의 배드 엔딩은 한때 인터넷을 시끌시끌하게 만들었으며…….

그 후로 수십 시간을 더 플레이해야 맞이할 수 있는, 모든

스트레스를 날려버리는 트루 엔딩은 찬반양론을 일으켰다.

……그것이 얼추 사흘 전의 일이다.

현재는 필즈 시리즈 최고 걸작으로 평가하는 사람들과, 그 모험적인 내용을 높이 평가하는 사람들과, 흔해빠졌다며 비판하는 사람들과, 특정 캐릭터 지지파와, 시나리오 추앙파 등등의 소수 세력으로 나뉘어서 엄청난 논쟁이 벌어지며 인터넷을 뜨겁게 달구고 있다.

참고로 패키지판은 이미 매진되었고, 추가 출하는 내년 초나 가능할 것이라고 한다.

그 때문인지 현재 다운로드 판매 랭킹에서도 당당히 1위를 차지하고 있었다.

즉, 결판은 났다.

우리가, 부스에 준비해둔 모든 소프트를 팔아치우더라도, 『필즈 크로니클XⅢ』의 평판을 넘어설 수는 없다.

마르즈에게는 이기지 못했어…….

그러니까, 이건…….

"그러니까, 이건, 사상 최대의 패전처리야.

앞서가고 있는 상대를 쫓아가기 위한, 다가가기 위한, 목숨을 건 싸움이라고!"

"……토모야 군, 기쁜 것같은 목소리로 그런 소리 하지 마."

"아하하……."

메구미가 약간 화난 듯한 어조로 지적을 했지만, 내 입가에는 다양한 감정이 응축되어 있는 미소가 어려 있었다.

하지만 이것은, 나의 솔직한 심경이기도 했다.

"다들 기뻐해……. 우리의 적은, 현재 그야말로 레전드라고! 에리리도, 우타하 선배도, 진짜, 진짜 대단해……!"

"……토모야 선배, 완전 우쭐대고 있네요."

"저기, 나는(음악) 지지 않았어~."

"토모야 군, 너는 대체 누구와 『싸우지 않는』 거야?"

그리고 멤버 전원에게 비난을 당하고 있는데도, 내 목소리는 점점 밝아졌고, 점점 갈라졌으며, 점점 울먹임이 섞였다…….

"자! 그러니까 우리도 오늘 전설을 써서, 이 승부에서 종이 한 장 차이로 진 걸로 만들자고! 다들, 힘내!"

"……예이~."

늘어지는 목소리로 함성을 지른 이들의 텐션은 바닥을 치고 있었다.

하지만, 다들 어이없어 하면서도, 그들의 얼굴에는 상냥한 표정이 어려 있었다.

『지금부터, 제●●회 코믹마켓을 개최하겠습니다.』

그렇게, 우리의 싸움은…….

1년 만의 리벤지에 성공하기 위해, 성대하게 막을 올렸다.

※ ※ ※

"여기는 『blessing software』의 마지막 줄이 아닙니다. 줄을 서실 분은 문밖으로 나가서 왼쪽으로 나아가 주십시오~!"

열 시가 지나자, 평소와 다름없는 광경이 펼쳐졌다.

"2000엔입니다. 으음, 3000엔 잔돈…… 아, 메구미 씨! 1000엔짜리 잔돈은 어디 있나요~?!"

하지만, 그것은 우리에게 있어서 『평소와 다름없는 광경』이 아니라, 대형 벽서클에게 있어서 평소와 다름없는 광경이다. 그리고 우리는 지금까지 일반참가자로서 손가락을 깨물며 그 광경을 지켜볼 수밖에 없었다.

"1000엔 지폐는 여기에 있어……. 효도 양, 상자를 더 개봉해줘."

행사가 시작되었을 즈음에는 부스 앞에 수십 미터나 되는 줄이 생겼으며, 일반 입장객이 안으로 들어올수록 그 줄은 더욱 늘어났다.

"저기, 저기~, 빈 상자는 어디에 두면 돼~?"

맨 끝줄 간판만이 아니라 임시로 만든 『줄 중간』 간판까지 동원했고, 준비회 스태프를 당황하게 만들었으며, 처음 만난 이들에게 도움까지 받아야만 했다.

"훗, 초반 스타트는 순조로운 것 같네……. 하지만 긴장을 풀지 마. 판매 속도가 느려서 손님들을 몇 시간이나 기다리게 한 바람에 황소걸음이라는 비판을 당하는 건 말도 안 돼. 그렇다고 너무 빨리 팔아서 줄이 짧아진 바람에 인기가 없다는 느낌을 자아내도 안 되지. 절묘한 행렬 매니지먼트가 무엇보다 중요하단 말이야, 토모야 군."

"이오리, 너도 일 좀 해."

※ ※ ※

한 시간 정도 지나서, 햇살 때문에 겨울인데도 불구하고 날씨가 꽤 따뜻해졌을 즈음…….

우리 서클 앞에 줄 선 이들은…… 이오리의 예측대로 아직 존재했으며, 수십 미터 정도의 행렬을 형성하고 있었다.

"메구미 씨, 이제 몇 개 남았나요? 1인당 다섯 개 한정으로 계속 팔아도 되겠어요?!"

"으, 으음, 효도 양, 몇 상자 남았어?"

"하나, 둘, 셋…… 여섯 상자 남았네~."

"그럼, 한 상자에…… 개 들어있으니까, 으음……."

"다음 상자를 뜯었을 때부터 두 개 한정이야. 줄선 사람들에게는 이미 알려뒀으니까, 카운터 쪽에서도 그런 식으로 대처하도록 해."

"오빠……."

"이제 800개 정도 남았군. 300개 이하가 되면 1인당 한 개로 한정하겠어. 타이밍은 내가 전부 파악하고 있으니까 걱정하지 마."

"흐음~. 남은 상자 개수만으로 그런 것도 알 수 있구나."

"상자 개수만이 아냐. 지금 테이블 위에 놓여있는 숫자와 보관량도 전부 파악하고 있기 때문에 대략적인 재고를 알 수 있는 거지."

"……."

"카토 양, 잘 들어. 현장에서 바쁘게 설치는 사람만이 정확한 상황을 파악할 수 있다는 착각은 버려. 오히려 조금 거리를 두고 있기 때문에 냉철하고 정확한 판단을 내릴 수 있기도 해. 서클의 부대표를 자처할 거라면, 그 정도는 파악해 줬으면 좋겠는걸……."

"……윽."

"어, 어어어어어, 메, 메구미 씨……?"

"카토~, 성가신 본성 좀 드러내지 말고, 빨리 계산이나 해~."

……뭐, 일촉즉발의 사태도 벌어지기는 했지만(나는 그 자리에 없었기 때문에 나중에 들었지만!), 우리 서클은 얼추 예정대로, 아니, 기대 이상으로 인기가 좋았다.

그리고 줄지어 서있는 수많은 사람들 중에는 때때로 아는 사람도 있었는데…….

“어! 너희가 여기서 뭘 하고 있는 거야?!”

“말 걸지 말아줄래? 몰래 온 거란 말이야.”

“성가신 팬에게 들키기라도 하면 어떻게 할 건데? 윤리 군은 정말 눈치가 없다니까.”

그들은 뜻밖의 인물이 아니라, 며칠 전까지만 해도 지금 판매하고 있는 게임을 완성하기 위해 열심히 협력해줬던, 거의 한식구나 다름없는 예전 멤버(에리리와 우타하 선배)였다…….

진짜 이 작품은 등장인물이 적은걸…….

“저기, 줄을 설 필요는 없지 않아? 부스에 인사 겸 들르면 그냥 줬을 텐데…….”

“이 게임을 원하는 이들에게 충분히 전달될 숫자를 준비했는지 체크하러 온 거야.”

“그래서 우리는 오전 일곱 시경부터 줄을 섰거든? 만약 사지 못한다면, 철저하게 규탄할 거야.”

“소걸음 망할 서클이라며 트위터에서 마구 씹어주겠어.”

“사전 평판도 꽤 좋았던 같으니까, 작년보다 더 비난을 당하지 않을까?”

“진짜 짜증나는 손님이네…….”

“애초에 그렇게 우리를 『손님』이라고 부르는 것만 봐도, 네 사고방식은 이미 썩어문드러졌어."

"우연히 그런 말이 입에서 나온 것뿐이야."

"코믹마켓의 숭고한 정신이니 뭐니 하고 잘난 척을 해대며 떠들어대더니, 결국 게임을 사러 와주는 사람들을 돈줄로만 보고 있다는 게 훤히 드러나는 한 마디네……."

"허튼 소리 그만하고, 너희는 기업 부스에나 가라고!"

참고로 줄선 사람들의 대화를 옆에서 들어보니, 마르즈의 기업 부스는 현재 『필즈 크로니클XⅢ』의 설정자료집을 손에 넣기 위해 몰려든 참가자들로 인산인해를 이룬 바람에 줄을 세울 수도 없는 상태라고 한다…….

※ ※ ※

그리고, 그리고…….

정확한 시간을 밝히는 것은 문제가 될 수 있으니, 일단 점심 즈음인 걸로 해두기로 하고…….

"예. 2000엔 받았습니다. 감사합니다."

게임 패키지를 받아들며 환한 표정을 지은 남자가 부스에서 멀어져 가는 모습을 잠시 동안 지켜본 후…….

""여러분, 죄송합니다! 『blessing software』의 상품은 매진됐습니다~!""

아침부터 계속 카운터를 지켰던 메구미와 이즈미가 동시에 고개를 숙였다.

그 순간, 이 자리에서 흐른 것은 아직 줄을 서있던 이들의 한숨소리와 술렁거림…….

"감사합니다……."

그리고 한숨을 내쉬었던 이들이 보내준 따뜻한 박수였다.

"다들, 수고했어~."

박수 소리가 잦아들고 구매를 못한 이들이 삼삼오오 흩어지자, 부스 밖에서 방금 그 순간을 지켜본 나는 천천히 부스에 다가갔다.

"이즈미, 수고했어."

"역시~ 매진되니 기분 좋네요~! 뭐, 구매를 못한 사람들에게는 미안하지만요."

이즈미는 1년 반 전의 여름 코믹마켓 때보다 차분한 표정으로 그렇게 말했다.

하지만 그녀는 1년 반 전의 여름 코믹마켓 때와 마찬가지로, 환한 미소를 짓고 있었다.

"수고했어, 미치루."

"하아아아아~, 겨우 끝났네에에에~. 끝났어어어어~."

미치루는 좁은 부스 구석에서 종이 상자와 씨름하고 있었다.

하지만 싸울 상대를 잃은 그녀는 텅텅 빈 부스 안에서, 왠지 쓸쓸한 표정을 짓고 있었다.

"수고했어, 메구미."

"……."

그리고 이즈미와 함께 판매를 담당하고, 미치루와 함께 상품 진열까지 하는 등, 종횡무진으로 활약했던 메구미는…….

"메구미……."

"……응."

아까 매진을 알리며 숙였던 머리를 이제야 들더니…….

아직도 현실에 되돌아오지 못한 것처럼, 멍하니 주위를 둘러보고 있었다.

제4장

축제가 끝난 후에 기분이 울적해지는 건 어쩔 수 없다.

그리고, 12월 31일은 아직 끝나지 않았으며…….

"그럼 다들 수고 많았어요! 건배~!"

""""건배~!""""

매진 후, 우리는 관련자들에게의 인사 및 철수 준비를 재빨리 끝냈지만…….

누구도 「자, 빨리 돌아갈까」 같은 매몰찬 제안을 하지 않았으며, 다들 부스 앞을 지나다니는 사람들을 멍하니 쳐다보고 있었다.

그리고 오후 네 시가 되자, 겨울 코믹마켓의 종료를 알리는 장내 방송에 따라 박수를 친 후에야, 다 같이 행사장을 떠났다.

그 후, 우리가 다 같이 향한 곳은 서클의 뒤풀이 파티 장소……가 된, 또 우리 집이었다.

작업장이자 뒤풀이 장소이자 집합소인 이곳을 올해 마지막 밤을 보낼 장소로서 쓰기 위해서는, 사실 평소보다 좀 성가신 조율이 필요했다.

이번에는 일찌감치 부모님과 교섭을 해서, 평소 정월 연휴 이틀째에 가족들이 다함께 가는 나가노의 본가에 미리 가 달라고 했고(나와 미치루는 내일 합류), 뒷정리도 깨끗하게 하기로 약속한 끝에(메구미가 도와주는 것이 조건), 이 집을 이용할 수 있게 됐다.

뭐, 이런 교섭까지 하면서 이 장소를 확보한 것은, 섣달그믐날에 다 같이 시끌벅적하게 떠들 수 있는 장소를 구하러 다니는 게 귀찮아서……이기도 했다.

하지만, 지금까지 서클 멤버들과 함께 보냈던 이 장소야말로 우리의 축제가 끝났다는 것을 축하하는 장소로써 가장 적당하다는 생각이 들었던 것이다.

……뭐, 몇 시간 전과 며칠 전의 회상은 이쯤 하기로 하고, 지금은 섣달그믐날 밤이다.

곧 홍백가합전이 시작될 이 시간에, 내 건배사에 답해준 이는 서클 『blessing software』의 멤버인 메구미, 이즈미, 미치루, 이오리였다.

……그리고 제작의 마무리 단계에서 크게 공헌해준 옛 멤

버, 에리리와 우타하 선배, 그리고 나를 포함해 총 일곱 명이 이 자리에 모여 있었다.

이 많은 인원이 모이기에는 좁은 방이지만, 다들 우롱차가 담긴 종이컵으로 건배를 하고, 피자와 치킨, 그리고 편의점 과자를 먹으며, 다들 달성감에 찬 표정으로 담소를…….

"그럼 신작의 평판이 어떤지 검색해보자고, 이오리!"

"우선 서클 공식 어카운트에 달린 답글부터 확인보자. 그 다음에는 트위터 검색, 2ch은 마지막에 하거나 안 해도 돼. 이 순서가 정신건강상 좋을 거야."

……나누기 위해서는 마음을 진정시킬(혹은 자포자기할) 시간이 필요했다.

"어, 어? 시나리오의 평가가 꽤 괜찮잖아……?"

"그것보다 아직은 캐릭터에 대한 감상이 대부분이네……. 『금발 캐릭터 최고!』나 『역시 흑발 롱헤어는 진리』 같은 게 있군……."

"그, 그럼 메구리에 관한 건 없어? 『지금까지의 모에 게임 히로인의 개념을 뒤집어 없는 궁극의 메인 히로인 카노 메구리』 같은 코멘트는 없어?!"

"으음, 아직 안 보이는걸……."

"아직 배포되고 몇 시간도 안 지났으니까, 클리어한 사람이 없는 것 아닐까?"

"저기, 저기~, 음악에 대한 평판은 어때~?"

"아, 시나리오에 대해 이야기하고 있는 사람이 있어요, 토모야 선배!"

"뭐, 뭐라는데……?!"

"으음, 연속 트윗을 하고 있네요. ……어디어디?

『블레싱 소프트의 이번 신작 말인데, 완전 흔해빠진 모에 게임이잖아』,

『「cherry blessing」은 엄청 마음에 들었는데 말이지』,

『뭐야. 카스미 우타코는 관여하지 않은 거야? 다음에는 안 사야지』,

『뭐, 애초에 알았으면 안 샀을 거야』……."

"으, 으음, 윤리 군, 저기……."

"아, 아하, 아하하…… 일단 플레이를 해보고 욕하라고오오오오오오~!"

"아앗! 토모야 선배, 진정해요!"

"뭐, 캐릭터의 귀여움을 부정하는 의견은 거의 없는 것 같네."

"아, 이 사람은 포스터를 보고 마음에 들어서 샀대, 이즈미 양."

"저, 정말인가요? 전작의 그림과 비교하면서 비난하는 사람은 없나요?!"

“……미안해, 이즈미. 시나리오 쪽은 전작과 비교당하며 마구 폄하당하고 있어.”

“뭣하면 검색 키워드에 카시와기 에리도 넣어볼까? 그럼 바로 알 수 있을 거야, 하시마 이즈미.”

“아뇨, 됐어요! 그냥 내버려 두세요!”

“그러니까, 음악에 대한 평가는 어떠냔 말이야~!”

하지만, 그런 부정적인 시간도 곧 끝났고, 우리의 뒤풀이 파티는 더욱 흥분에 휩싸였다.

“이야~, 미찌루 썬빼의 삐~찌~엠~, 찐짜 끝내줘써요~.”

“으, 으음…… 고마워, 하시마 양.”

……정확하게는, 이미 위험한 상황에 처한 사람도 있는 것 같았다.

“끄림꽈 씨나리오와 하찌니, 완쩐 쬐꼬오오오오~.”

“저기, 토모? 하시마 양이 마신 음료에 술이 들어가 있진 않았지?”

“응……. 아무래도 밤샘 직후라 긴장이 풀려버린 것 같네.”

그러고 보니 이즈미는 오늘 이벤트를 위해 개인적으로 특전도 만들어왔다.

……100장만 인쇄했기 때문에, 인터넷 옥션에서는 패키지보다 더 비싼 가격에 거래되고 있었다.

“끄러니까 끼운내요~, 아라쭈는 싸라미 업써도, 쩌는 아라주께요~."

"그리고 폭언을 뱉는 버릇은 여전하네……."

※ ※ ※

"일단 장롱에서 이불을 꺼내왔어~."

"그럼 이쪽에 나란히 갈 테니까, 저쪽에 내려놔줄래? 토모야 군."

"오케이~."

파티를 시작하고 세 시간 정도 지났을 즈음, 우리는 거실 테이블을 정리하고 잠자리를 준비하기 시작했다.

"이쩐 깨가, 매찐뙈따꼬요. 쪠 말 뜯꼬 이써요? 미찌루 썬빼애애애애~."

"읏, 나는 남한테 달라붙는 걸 좋아하지만 남이 나한테 달라붙는 건 싫다고~!"

"……미치루, 네가 제멋대로인 녀석이라고 생각했지만, 알고 보니 내 상상을 초월하네."

왜냐하면, 슬슬 이탈자가 속출하기 시작한 것이다.

"오~, 메구미 썬빼와, 호모야 썬빼다~. 쑤고마느쎠써요~."

"그러니까 내 이름을 그 발음으로 부르지 말라고 몇 번이나 말했잖아, 이즈미 양."

"효도 양, 이즈미 양을 이쪽으로 옮겨줘."

"오케이~. 하아, 이 애, 의외로 무겁네~."

"……죄송한데, 방금 그 말을 흘려들을 수 없어요. 정정해 주세요, 미치루 선배."

"너, 평범하게 이야기할 수 있잖아……."

우리는 그렇게 시끌벅적하게 떠들면서도, 거실에 잔뜩 깔린 이부자리의 한가운데에 이즈미를 살며시 눕혔…….

"우랴아아앗! 전갈 꺾기~!"

"으으으으으윽~?!"

"이, 이즈미……?"

"아……."

……그리고 링에 가까운 환경이 갖춰지자, 미치루의 몸속에 잠들어 있던 프로레슬러의 피가 끓어올랐다.

"오."

"……아."

그런 고로, 전장으로 변해버린 링…… 아니, 거실에서 빠져나와서 2층으로 올려가려고 한 순간, 에리리가 계단을 통해 내려왔다.

"왜 그래? 얼음이 부족해?"

"아~, 그런 게 아냐. 왠지 방이 너무 더워서, 거실에서 텔레비전이라도 보려고……."

그렇게 말한 에리리의 얼굴은 평소에 비해 붉게 달아올라

있었으며, 이마에는 땀방울이 맺혀 있었다.

하지만…….

"거실에 가는 건 좀……."

"심판! 카운트 안 해?!"

"어? 으, 응…… 원, 투……."

"진짜로 카운트하지 말라고요, 메구미 씨!"

"오~, 2.5카운트에 탈출했구나. 역시 하시마 양이야. 꽤 버티는걸~."

"……."

"……."

그렇다. 현재 거실에서는 열띤 대결이 펼쳐지고 있었으며, 조용히 보낼 수 있는 장소와는 거리가 멀었다.

※ ※ ※

"추워……."

"뭐, 섣달그믐날이잖아."

결국 집안에도 자신이 있을 곳이 없다는 걸 깨닫고 만 에리리는 현관으로 향하더니, 우리 집 샌들을 신고 밖으로 나갔다.

여자애를 혼자서 한밤중에 나가게 할 수도 없었기에, 나는 에리리를 따라갔다.

밖에 나갔는데도 거실의 소음이 희미하게 들려서 양옆에 있는 집을 신경 쓰였다. 하지만 마치 신이 우리를 배려하기라도 한 것처럼…… 아니, 새해 참배를 하러 간 건지 두 집 다 불이 꺼져 있었다.

"그런 그렇고, 드디어 끝났네."

"뭐, 서로가 말이야."

에리리가 새하얀 입김과 함께 감개무량한 듯이 그런 말을 토하자, 나도 실감이 나기 시작했다.

"그래도 너희 쪽 작품은 찬반양론인 것 같던걸?"

"그건 피차일반이잖아. 규모는 다르지만."

그렇다. 『필즈 크로니클XⅢ』도, 『시원찮은 그녀(히로인)를 위한 육성방법』도, 크리에이터의 『망상』에서 벗어나, 유저에게 존재가 인식되었으며, 칭찬과 비판을 받는 『작품』으로 승화된 것이다…….

"참, 어제 마르즈의 마에카와 디렉터한테서 연락이 왔었어."

"으으, 그 이름은 떠올리기도 싫어……. 뭐라던데?"

"팬 디스크든, 속편이든, 신작이든, 뭐든 좋으니까 또 같이 작품을 만들고 싶대……. 카스미 우타코한테도 연락이 간 것 같았어."

"우와, 진짜 뻔뻔하네……."

당초 예정보다 훨씬 늦게 작품이 완성됐을 때만 해도, 그 사람이 입에 담는 말 한 마디 한 마디에서 『두 번 다시 같이 일 안 할 거야!』 라는 뉘앙스가 묻어났었다고 한다.

인간은 정말 화장실 들어갈 때와 나올 때…… 아니, 결과만 좋으면 모든 고생을 보답 받은 기분이 든다는 것은 사실이구나…….

"나와 카스미 우타코의 압도적인 재능을 드디어 마르즈도 이해한 것 같네……."

"마르즈만이 아니라, 세간이 이해한 거 아냐?"

"뭐, 그렇게 볼 수도 있을 거야."

"하지만…… 그건 우리도 마찬가지야."

지금 내 심경을 생각하면 그야말로 일목요연했다.

1년 동안…… 아니, 1년 하고 9개월 동안 정말, 정말, 노력하기 잘했다.

"에리리, 혹시나 해서 말해두겠는데…… 우리는 아직 지지 않았다고."

"메구미한테서 행사 시작 전에 네가 패배 선언을 했다는 말을 들었거든?"

"그래도 나 이외에는 누구도 지지 않았어. 이즈미도, 미치루도, 메구미도. 이오리는…… 뭐, 도중에 쓰러지지도 않았잖아."

내가 패배를 인정하지 않는 듯이 「현시점에서 나는 분명 카스미 우타코에게 졌어. ……하지만, 『blessing software』는 지지 않아!」 선언을 하자…….

에리리는 코웃음을 치지 않고 그저 쓴웃음을 지으면서 새하얀 입김을 토했다.

"나, 하시마 이즈미가 무서워."

"작년에도 비슷한 소리를 했었지?"

"그 애는 저렇게 평화롭게, 벽을 뛰어넘어버려……."

제2장
지난달 말, 마지막 막판 합숙 때…….

이즈미는 멋대로 자기 자신에게 내린 목표인 『이즈미의 일곱 장』을, 합숙 종료 직전……으로부터 다섯 시간이나 일찍, 그러니까 일요일 저녁 때 완성했다.

"나는 그렇게 자기 자신을 궁지로 몰아넣었는데…… 그렇게 했는데도, 기한 안에 완성하지 못했는데……."

"그건 네가 남에게 도움을 받지 않았기 때문이잖아."

나스 고원에서의 『에리리의 일곱 장』은…… 원래의 완성 기한을 한참 어긴 후에 완성됐다.

"그렇게 해야만 앞으로 나아갈 수 있다고 생각했어. 뭔가를 버려야만 손에 넣을 수 있는 게 존재한다고 믿었어."

에리리가 버린 것…… 그것은 바로 평범한 고등학교 생활과, 『blessing software』와, 그리고…….

"하지만 걔는 전혀 변하지 않고도 재능만을 쭉쭉 성장시키고 있어.

떼어놔도, 떼어놔도, 끈질기게 쫓아와.

……그렇게 간단히 쫓아올 수 있는 속도가 아닌데도 말이야."

"잘 됐네, 에리리. 그렇게 엄청난 라이벌이 곁에 있는 거잖아."

"뭐가 잘 됐다는 거야. 열 받아서 죽겠어."

하지만, 에리리는 그런 와중에도 많은 것을 손에 넣었다.

쭉 자신을 쫓아오는 최고의 라이벌.

쭉 자신의 곁에 있어주는 최고의 맹우(盟友).

그리고, 한 번 관계가 틀어졌는데도, 함께 노력하며, 인연을 다시 복구하기 위해 노력했던, 둘도 없는 절친…….

"……저기, 에리리."

"응?"

대화가 중단된 순간, 나는 결의를 다지며 입을 열었다.

"미안해."

"으음, 네가 나한테 사과해야 할 일이 너무 많아서 뭘 사과하는 건지 모르겠네. 『필즈 크로니클XIII』에 완패한 거? 지난달 합숙 때 무리시킨 거? 내가 네 서클에 있을 때 항상 무리시킨 거? 아니면, 애초에 서클에 억지로 끌어들인 거?"

"……그런 일 때문에 사과한 게 아니거든? 그리고 내가 잘 못했다고는 전혀 생각하지 않는다고."

"그 이기적인 발언을 들으니 짜증이 치솟네."

에리리는 아마도(조금은 본심이 섞여 있겠지만) 화제를 바꾸기 위해서 그런 말을 한 것이리라.

"최근 몇 년 동안 있었던 일을 이야기하는 게 아냐."

"……."

그렇기에, 내가 진지한 태도로 말을 잇자, 그녀는 거북하다는 듯이 입을 다물었다.

"에리리…… 10년 전에, 네 라이벌이 되어주지 못해서 미안해."

"윽……."

하지만 나는 입을 다물지 않았다.

『언젠가, 이 마음을 정리한 후에, 에리리와도 제대로 이야기를 나눠봐야 한다고 생각하기는 해…….』

『그 언젠가는, 언제인데?』

『그, 그건…… 으음, 올해 안에?』

겨울 코믹마켓은 끝났다.

즉, 우리의 혼이 담긴 작품이 이 세상에 모습을 드러냈다.

그리고, 연말 판매 경쟁 시즌도 지났다.

에리리와 우타하 선배의 혼이 담긴 작품은 세간을 떠들썩

하게 만들고 있었다.

"실력이 쑥쑥 느는 너를 질투하며…… 쫓아가는 걸 포기해서, 미안해."

"토모야……."

……그러니, 지금이야말로 모든 것을 드러내야 할 때다.

"에리리…… 10년 전에, 네 맹우가 되어주지 못해서 미안해. 자신이 오타쿠라는 것에 집착하며, 네 마음보다 자존심을 우선해서 미안해."

"그만해……."

"에리리…… 10년 전에, 네 절친이 되어주지 못해서 미안해. 우리가 엇갈렸던 걸, 전부 네 탓으로 여기며, 너와 거리를 둬서 미안해."

"그만하란 말이야."

알고 있었지만…… 에리리는 내가 사과하자, 왠지 슬픈 표정을 지었다.

"왜 이제 와서, 그런 소리를 하는 거야……."

"미안해."

"왜, 사과하는 거야."

1년 전 여름, 초등학교 교정에서 내가 고집을 부리며 사과하지 않았을 때보다, 그녀는 더욱 비통한 목소리를 내고 있었다.

"당시의 나는 남의 마음을 이해하지 못하는, 친구를 배려하지 못하는 꼬맹이이자, 꼴사나운 나쁜 의미의 오타쿠였어……."

아니, 아직도 나에게 그런 면이 있다는 것은 알고 있다.

"나도 그랬어. 남의 마음을 이해하면서도, 자기 자신만 우선하는 꼬맹이이자 비겁한 나쁜 여자애였어."

응……. 우리 둘 다 그다지 변하지 않았구나.

"그래도, 내가 노력했어야 했어……. 올바른 방향으로, 노력했으면 됐을 거야."

에리리에게 마음을 전하기로 결심한 후, 쭉 당시의 일을 떠올렸다.

그리고 생각을 하면 할수록, 어떤 결론에 도달하고 말았다.

그때, 에리리가 무슨 말을 하든, 아무리 고집을 피우든, 나 혼자만의 힘으로 어떻게든 할 수 있었을 것이다…….

에리리를 어떻게든 설득해서 예전보다 차분하면서도 예전과 다름없는 관계를 이어나갔어야 한다.

그리고 반 애들에게도 시간을 들이며 다가가거나…… 혹은 시간을 들여서 우리를 향한 관심을 자연스럽게 소멸시켰으면 됐다.

그런 식으로 끈질기게 노력했다면, 에리리와 쭉 사이좋게…….

단 한 번도 떨어지지 않고 최고의 동료로서, 소중한 친구로서, 그리고…… 소중한 여자애인 채로 지금까지 계속 함께할 수 있었을 것이다.

"그러니까, 역시, 미안해……."

나는 옛날, 바로 그날에 길을 잘못 골랐다.

10년 전, 나는 미소녀게임의 주인공처럼 어떻게 할지 선택했어야만 했다.

제1부인 유소년기의 선택지에 따라 히로인이 정해지는 게임이 있었잖아.

그런 특수한 플래그 제어를 자주 쓰는 미소녀게임(네○네○소프트) 브랜드도 있잖아…….

"……그딴 자기만족에 어울려줄 생각은 없어."

"그렇, 구나……."

눈물을 흘리며 사과를 하던 나는 마음속의 응어리를 떨쳐낸 것처럼 개운한 표정을 지었다.

그리고 사과를 받고 있던 에리리는 울지도 않으며, 벌레라도 씹은 표정을 짓고 있었다.

"그래도, 다시 친구가 되어줘서 고마워……."

그렇기에 비겁자는 끝까지 비겁함을 관철했다.

"이렇게 대단한 실력자가 됐으면서, 나 같은 사람의 서클에 들어와 줘서 고마워."

셀 수도 없을 만큼 많은 후회를 억누르며, 지금의 선택지가 올바른 듯이 행동했다.

"고마워, 에리리……."

"적당히 해."

……아니, 진정으로 비겁한 짓은 이 선택지가 올바르다고 앞으로도 계속 믿는 것일지도 모른다.

"너는 이제부터 어떻게 할 거야……?"

그런 식으로 과거의 응어리를 억지로 떨쳐내자…….

남은 것은 현재, 그리고 곧 시작된 내년 즉 미래였다.

『필즈 크로니클XⅢ』은 예상대로…… 아니, 기대 이상으로 성공했다.

게임 업계…… 아니, 일러스트 업계에서 카시와기 에리는 자신의 이름을 떨친 것이다.

그것은 벽서클의 인기 동인 작가 같은 어중간한 것이 아니었다.

분명, 아니, 틀림없이 유명 일러스트레이터 전시회나 신작 판화전 같은 데서도 눈독을 들일 만큼, 프로 중에서도 일류로 분류되는 레벨인 것이다…….

"일단 연초에는 라이트노벨 삽화 작업이 하나 정해져 있어. ……그다지 하고 싶지 않은 작품이지만~."

"그렇구나……."

"그리고 마르즈가 한동안은 나를 봐주지 않을 것 같으니까, 필즈 관련 일도 계속해야 할 거야."

"그렇겠지."

"그 후에는…… 음, 이것저것 다 해보고 싶어. 재미있어 보이는 일, 장기적으로 해야 하는 일, 내 이름을 널리 알릴 수 있는 일, 돈을 잔뜩 벌 수 있는 일……."

"중간부터 좀 음흉한 속내가 묻어나는 것 같거든?"

"그 음흉함이야말로 프로가 되었다는 증거거든?"

"……응. 그렇구나."

그렇다. 그녀가 선택한 길은 손쉬운 것이 아니다.

그러니, 우리 같은 동인 서클과의 접점을 가지는 건 이제…….

"힘, 내……."

나보다 100배 이상 노력하고 있는 에리리에게 이런 말을 한다는 건 주제넘은 짓일 것이다.

하지만, 아마, 나보다 훨씬 혹독한 길을 날아갈 에리리에게라면 이 말을 해도 괜찮을 거라는 생각이 들었다.

"뭐, 힘낼 거지만…… 그래도, 예전보다는 훨씬 즐겁게 해나갈 거야."

"지옥을 봐야만 성장할 수 있다며?"

"물론 앞으로도 지옥을 볼 거야……. 하지만 즐거운 지옥으로 만들고 말겠어."

그래도 에리리는 평소와 마찬가지로 자신만만하게, 평소보다 더 개운한 미소를 지으며, 내 주제넘은 소리를 일축했다.

"그건 또 무슨 소리야?"

"그야 나한테 있어서 그림을 그린다는 건…… 복수도, 앙갚음도 아니거든."

"아……."

"그러니까, 앞으로는 그림과 사이좋게 지내야 해……. 자신이 만들어낸 여자애를, 진심으로 좋아해야만 하는 거야……."

"그렇……구나."

나는 그 말이 의미하는 게 무엇인지…….

아니, 모르는 척은 하지 않겠다. 나는 알고 있다.

에리리는 이번에야말로 아무런 망설임도 없이 앞으로 나아가는 길을 선택했다.

진심으로, 최고의 그림쟁이가 되기 위해 온힘을 다해 그 꿈을 좇으려는 것이다.

그리고…… 이제, 멈춰 서서 나를 기다려주지는 않겠다는 뜻이기도 했다.

만약 쫓아가고 싶다면 에리리보다 훨씬 빠르고, 강하게, 앞으로 나아가야만 할 것이다.

"그러는 토모야는 어떻게 할 거야? 앞으로도 서클을 계속 운영할 거야?"

"……오늘 낮에 이벤트가 끝난 데다, 곧 졸업도 하니까 앞으로 어떻게 할지는 생각해보지 않았어. 하지만……."

"하지만?"

"곧 에리리와 같은 방향을 향해서 달리기 시작할 거야."

"그렇구나……."

그러니, 나 또한 멈춰 설 수는 없다.

서클, 상업, 진학…… 어떤 길로 나아가든, 어떤 길을 선택하든, 내가 쫓아야 할 것은 단 하나다.

그것은 바로 에리리, 우타하 선배…… 그리고 위대한 크리에이터들의 등인 것이다.

"그러니까, 기다리고 있어. 바로……는 힘들겠지만, 언젠가 반드시……."

"메구미와, 함께 말이지?"

"……뭐? 아, 아, 아…… 아아아아앗?!"

그쪽(창작) 방면의 감상에 젖어있었던 탓일까…….

느닷없이 이쪽(연애) 방면의 질문이 날아오자, 한순간 말문이 막혔다.

애초에, 오늘 에리리와 이런 자리를 만든 가장 큰 목적이 바로 그것인데도 말이다.

그 사실을 밝히지 않는다면, 나는 분명 다방면으로부터

최악 얼간이 불윤리 군이라는 낙인이 찍히고 말 것이다.

“에, 에리리, 그, 그그그그그, 그게 말인데! 나, 실은, 실은, 저기!!”

“말 안 해도 돼.”

“하, 하지만…….”

“이미 알고 있거든.”

“어…….”

하지만, 그런 내 동요를 완전히 꿰뚫어보는 것처럼…….

에리리는 태연하게, 내 충격적인 커밍아웃을 듣지도 않고 흘려 넘겼다.

마치, 누구누구 씨처럼 무덤덤하게…….

내가 주인공처럼 활약할 기회를 빼앗듯이…….

내, 오타쿠로서의 약점을 지켜주려는 듯이…….

“추우니까, 집에 들어갈래.”

“아…….”

내 말문이 막힌 틈을 노리듯, 에리리는 이제 다 끝났다는 듯이 돌아섰다.

아까부터 느껴졌을 추위를 이제야 체감한 것처럼, 몸이 부르르 떨렸다.

“아, 맞다……. 새해 복 많이 받아, 토모야.”

“으, 응……. 올해도, 잘 부탁, 해…….”

아직 새해가 되려면 두 시간 가량 남았지만…….

그래도 우리는 약간 앞당겨서 새해 인사를 나눴다.

……하지만, 나의 「올해도 잘 부탁해」라는 말에, 에리리는 답하지 않았다.

답하지 않은 채, 집으로 들어가려 했다.

그녀는, 분명 일부러 그러는 것이다.

왜냐하면, 우리는 함께 나아갈 수 없을 테니까.

같은 길을 다른 속도로 걸어가기 시작했으니까…….

"……윽."

하지만 나는 그 현실을 받아들이면서도…….

그런데도, 이대로 끝을 낼 수가 없었다.

이것은 아집일지도 모르지만, 아니, 아집이 틀림없겠지만…….

그래도 나는 아직 에리리에게…….

이제 완전히 멀어지고 말 에리리에게…….

해야만 하는 말이…….

"큭. 저기, 토모야!"

"어……."

내가 그런 것까지도 망설인 바람에…….

"저기, 나를 좋아했어~?"

결국, 그 마지막 용기까지…….

느닷없이 뒤돌아본 에리리의, 장난기 어린 미소에 빼앗기고 말았다.

"10년 전에 좋아했어~?"

그리고 또 약해빠진 자신은 보호받고 말았다.

"……기, 기억 안 나."

그 말은, 제대로 된 형태로 내 입에서 나오지 않았다.

그러니 이 말은, 내 뇌에 떠오른 문자를 그대로 표현하고 있을 뿐이다.

"기억 안 나, 안 나, 안 난다고오오오~!"

그 외침은, 소리라는 형태조차 지니지 못했다.

그러니 이 외침은, 내 마음이 느낀 것을 그대로 드러내고 있을 뿐이다.

"아하하. 그 표정만 봐도 알 것 같아."

내 엉망이 된 얼굴을, 줄줄 흘러내리는 눈물을 본 에리리는 개운한 것처럼 웃음을 터트렸다.

"토모야는 여전히, 고집쟁이네……."

그리고 그런 미소를 머금은 채, 에리리는 문 너머로 사라졌다.

솔직한 마음을 드러내지 않은 채…… 아니, 그것이 솔직한 마음일지도 모른다.

하지만, 나에게 정답을 알려주지 않은 채, 사라진 것이다.

"아, 아, 아아……."

그 미소를 보자 떨쳐낸 줄 알았던 후회가 격렬하게 밀려왔다.

분명, 내 대답은, 내 결단은, 옳다.

이제 와서, 솔직하게 대답해서는 안 된다.

「그때, 나에게는 너 뿐이었어」 같은 말을 해선 안 된다. 이제 와서 그런 말을 해본들 아무런 의미도 없는 것이다.

그리고 현재를 살아가고 있는 사람들이, 앞을 보며 나아가는 사람들이, 상처를 입고 만다.

그래도, 그래도, 그래도…….

잠시 동안 슬픔이라는 감정과 흘러넘치는 눈물을 참을 수가 없었다.

제5장

이 사람, 대체 이걸로 몇 번째 이별인 거지…….

"윤리 군."

"아……."

에리리가 집에 들어가고, 10분 정도 흘렀을 즈음…….

현관 앞에서 무릎을 끌어안은 채 앉아있던 내 등에, 이번에는 다른 누군가의 부드러우면서 상냥한 목소리가 닿았다.

그 목소리의 주인은…… 뭐, 방금 그(윤리 군) 말만으로도 우타하 선배라는 것을 알 수 있을 것이다.

"왜, 울고 있는 거야?"

"안 울었어요."

우타하 선배는 내 옆에 앉더니, 자세를 더 낮추면서 무릎에 묻은 내 얼굴을 올려다보았다.

나는 우타하 선배에게 얼굴을 보여줄 수 없기에, 반대편으로 고개를 돌렸다.

"정말 초등학생 같네……."

"아니라고요."

이런 행동을 했다는 것 자체가, 지금 내 얼굴이 어떤 상태인지 알려주는 것이나 다름없다.

"무슨 일이 있었는지 이 누나에게 말해줄 생각은 없어?"

"없어요."

"그렇게 슬픔에 젖어 있는데도? 이야기를 하면 마음이 후련해질 텐데?"

"그래도 이건 우타하 선배와 상의하면 안 되는 일이란 말이에요."

하지만, 전부 눈치채고 있더라도, 분명 상냥하게 위로해줄지라도, 틀림없이 나를 구원해주더라도…….

그래도 그녀는 제삼자가 아니다.

제삼자가 아닌 이에게 구원받을 수는 없다.

……적어도 지금은 그런 생각이 들었다.

"……사와무라 양과 헤어졌구나."

"상의 안 할 거라고 말했잖아요……."

하지만, 그런 내 어설픈 논리로 논파할 수 있을 만큼 단순한 사람이 아니라는 것은 처절할 정도로 잘 알고 있다.

"이미 늦었어. 나는 이 일에 꽤 깊이 관여하고 있잖아."

그리고 이번 일에는 더욱 복잡하게 얽혀 있는 것 같았다.

즉, 그렇게 된 것이다…….

에리리는 아까 내 앞에서 웃었다.
많은 것들을 깨달은 반응을 보였다.
마지막 순간, 나를 놀렸다.

잘 생각해보니 그것은, 이 사람의…….
현재 에리리의 곁에서 그녀의 버팀목이 되어주며 등을 살며시 밀어주고 있는, 이 사람의 특기다…….

"저기, 우타하 선배."
"응?"
그렇다면, 내가 우타하 선배에게 지금 해야만 하는 말은 대체 뭘까.

에리리를 구원해준, 그녀의 파트너에게…….
우리에게 나아갈 길을 알려준, 믿음직한 선배에게…….
그리고, 용모도, 마음도, 퍼펙트할 만큼 매력적인 여성에게…….
에리리의 미래를 맡길, 그녀의 못난 소꿉친구로서…….
지금까지 의지해오기만 했던, 하지만 이제 의지해선 안 되는 후배로서…….
지금까지 쭉 동경해왔던…… 하지만 이제는 그런 말을 함부로 입에 담아선 안 되는, 남자로서…….

그런 그녀에게 이런 내가 건네야 할 말은 이 선택지 중에 무엇일까…….

1. 나, 얼간이일까요? 못난 녀석일까요?
2. 인간관계라는 건, 어렵네요.
3. 만약, 나한테 애인이 생겼다고 말하면…….

1. 나, 얼간이일까요? 못난 녀석일까요?
『그래. 맞아.』
『……부정을 해줬다면 정말 기뻤을 거예요.』
『부정을 할 이유가 없지 않을까? 여자애가 호의를 표시하는 데도 별 이유 없이 받아주지 않지, 자신이 다가가 놓고 상대방도 다가오면 주저하지, 애초에 여자애가 너한테 호감을 가지는 것 자체를 이해할 수 없어. 얼굴? 얼굴 때문이야?』
『으으으, 그만해요! 그만하라고요!』

2. 인간관계라는 건, 어렵네요.
『왜 나한테 그런 걸 묻는 건데? 이 세상 그 누구보다도 인간관계를 싫어하는 나한테 말이야…….』
『그렇게 자학적인 발언을 할 필요는 없지 않나요?!』

3. 만약, 나한테 애인이 생겼다고 말하면…….

『죽어.』

『…….』

"……."

생각해보기 전부터 알고 있기는 했지만…….

나는 그녀의 호감도를 올릴 선택지를 찾아내지 못했다.

그리고 만약 찾아내더라도 그것을 고를 수 없다.

"……."

그렇게 내가 망설이고 있는 사이, 내 옆에 앉아있던 우타하 선배는 예전처럼 몸을 밀착시키거나 내 귀에 입김을 불어넣는 것 같은 장난 혹은 유혹으로 받아들일 수 있는 행동을 취하지 않았다.

그것은 그녀가 내 망설임을 충분히 이해하고 있으며, 그런 한심한 나를 비웃거나 화를 내지 않으면서 상냥히 대하고 있다는 것을 의미했다.

"저기, 우타하 선배."

"응?"

그리고 10초 전에 나눴던 대화를 한 번 더 반복한 후…….

나는 이번에야말로 고개를 들면서, 유일한 선택지를 골랐다.

"보고할 일이 있어요."

"……알고 있으니까, 말하지 않아도 돼."

"그래도……."

아마, 아니, 분명, 그녀는 눈치챘을 거라고 생각한다.

그렇다. 그래도 이것은 내가 그녀에게 직접 전해야 하는 일이다…….

"이미 그녀가 나한테 실컷 자랑을 했고 싸움도 걸어댄 데다, 두 번 다시 윤리 군에게 다가가지 말라며 협박도 했거든."

"죄송한데, 그게 사실인지 아닌지 판별할 수는 없지만, 만약 사실이 포함되어 있다면 사과할게요! 죄송합니다!"

하지만 우타하 선배는 에리리와 마찬가지로 내 약점을 지켜주며 내가 얼간이 주인공인 채, 미지근한 물에 몸을 담근 채 있을 수 있게 해줬다.

"하지만 우타하 선배에게는 내가 직접 말해야만 해요."

"내가, 첫 상대이기 때문이야?"

"그래요! 그렇다고요!"

"윽……."

짓궂은 농담으로 이야기를 돌리려고 하는 것은 상냥함일까. 아니면 심술궂음일까.

아니면, 진짜로 내가 이제부터 하려는 말을…… 듣기 싫어서일까.

"나, 한 달 전부터…… 메구미와 사귀고 있어요."

하지만 그래도 우타하 선배에게는…….

얼간이 주인공 나름의 긍지를 보여주고 싶었다.

왜냐하면, 처음으로 나를 남자로 대해준…….

직접적으로 호의(키스를 해준)를 보여준, 첫 여성인 것이다.

"……나, 정말 손해 보는 역할만 맡고 있네."

"미안해요."

나의 거만하고, 제멋대로에, 거들먹거리는 거나 다름없는 커밍아웃을 듣더니…….

"연상이라서 항상 여유 있는 척 한 바람에 좀 바보 같은 사랑을 한 탓에…… 마음에도 없는 도움을 주고 듣고 싶지 않은 말을 듣고 보고 싶지 않은 결말까지 봤어."

우타하 선배는 이번에야말로 진심에서 우러난 푸념을 늘어놓았다.

"……말하지 말 걸, 그랬나요?"

"영원히 비밀로 해줬으면 좋았을 거야."

이제 와서 후회한들 아무 소용없지만…….

그래도 우타하 선배가 예상대로의, 아니, 그 이상의 반응을 보이자 나는 괴로웠다.

"하지만, 동료한테 비밀 같은 걸 만들면 안 된다고……."

"그건 카토 양의…… 승자의 논리야."

그래도, 어쩌면…… 아니, 상당한 확률로…….

그녀에게 있어서는 나보다 더 괴로운 일일지도 모른다.

고개를 들어보니, 투명한 겨울 하늘에는 맑은 별이 반짝이고 있었다.

그 압도적인 스케일을 보자, 고민 같은 것은 별것 아닌 것 같은 생각이 들었지만…….

그래도, 자신의 마음을, 그녀의 마음을, 그렇게 비하할 수는 없었다.

"왠지…… 내가 이런 고민을 한다는 것 자체가 말도 안 되네요."

"정말 말도 안 된다니까. 이 망할 오타쿠."

"그럼 나를 더 망할 오타쿠로 대해달라고요……."

"그럴 수는 없어. 왜냐하면 나도 망할 오타쿠인걸."

그리고 그녀 또한 그런 비하를 용납하지 않았으며, 내 생각보다 훨씬 올곧은 목소리로 인정사정없이 말을 이었다.

지금까지 『말도 안 된다』며 부정해왔고, 고민하기도 전에 포기했던 일을, 『말도 안 될 리가 없다』며 나에게 제시했던 것이다.

"그래도 더는 숨기지 않을래요. ……나, 애인이 생겼어요."

하지만 그것 또한 그녀 나름의 응원이 틀림없다.

"나는 여전히 망할 오타쿠이고 애인도 아직 제대로 된 오타쿠는 아니지만, 그래도 사귀게 됐어요."

이 멋진 선배는 언제나 항상 내 등을 살며시 밀어줬다.

"혹시나 해서 말해두는 건데, 카토 양은 너를 깔보고 있어."

"그래요?"

"응. 그녀는 너를 특별하게 여기지 않아. 세간의 상식에서 벗어난 오타쿠로도, 정점을 노리는 견습 크리에이터로도 보고 있지 않아. 그저 평범한 남자애로 생각하고 있는 거야."

"……그런가요?"

"뭐, 깔보고 있었기 때문에, 그녀는 너를 좋아하게 된 거야."

"으음, 알쏭달쏭하네……."

그 어이없는 결론이 메구미가 내린 것인지, 우타하 선배가 내린 것인지, 농담인지, 진담인지, 머릿속이 뒤죽박죽인 상태라 알 수가 없지만…….

단 하나, 틀림없는 것은……『알쏭달쏭하다』는 것이다.

"뭐, 아무튼 잘 알았어. 그렇게 됐으니까,『우리 관계는 없었던 걸로 해달라』는 거지?"

"아, 그게…… 우타하 선배는 그래도 되지만, 나는 잊지 않을 거예요."

"……나를 걷어차 놓고 그런 소리를 하는 거야? 정말 열 받네."

"미안해요……."

우타하 선배는 나를 끈질기게 계속 놀리면서 분위기가 가라앉는 것을 피하려 했다.

"그래도 나는 앞으로도 쭉 카스미 우타코와, 카스미가오카 우타하의 팬일 거예요."

"팬……."

하지만, 나는 그런 그녀의 애절한 상냥함에 호응해주지 않았다.

이제 내 머릿속에는 그녀의 호감도를 올릴 선택지가 존재하지 않는다.

"……허락해, 줄 거죠?"

하지만 제아무리 호감도가 내려가더라도 상대를 슬프게 하더라도, 미움을 받더라도…….

"그럼, 쭉 내 작품을 응원해줄 거야?"

"네! ……물론, 그 작품이 걸작일 때만 말이에요."

나는 카스미 우타코의 작품과 언제나 진지하게 마주할 것이다.

"나는 아마 앞으로도 쭉 카스미 우타코를, 카스미 우타코의 작품을 뒤쫓을 거예요.

하지만, 카스미 우타코의 모든 작품을 긍정한다는 건 아니에요.

나는 언제나 항상 카스미 우타코의 『최신작』과 싸울 거예요.

만약, 그게 망작이라는 생각이 든다면…….

『지금까지 명작만 냈으니 때로는 어쩔 수 없을 것이다』 하고 여기며 옹호하지도 않을 거고,

『이제 카스미 우타코는 끝났다』 같은 소리를 하며 포기하지도 않을 거예요.

『카스미 우타코의 경향적으로』, 『카스미답지 않다』처럼,

카스미 우타코의 마니아인 척 지껄일 생각도 없어요.

그저, 나에게 있어 그 작품이 재미있었는지 재미없었는지 그것만을 판단의 기준으로 삼을 거예요.

예전 작품에 대한 애정이나, 작가 본인에 대한 감정 같은 게

평가에 영향을 끼치는 일도 절대 없을 거예요.

전작보다 낫다는 이유로, 신작을 과할 정도로 높이 평가하는 일도

물론, 절대 없을 거예요."

"그럼, 만약 그 최신작이 재미가 없다면 어떻게 할 거야?"

"묵묵히 다음 작품을 기대할 거예요."

"만약, 다음 작품도, 그 다음 작품도, 재미없으면 어쩔 건데?"

"아무 말 없이 사라질 거예요. 성가신 안티 팬 같은 건 되고 싶지 않아요. 그런데 쓸 에너지를 더 재미있는 작품과 작가에게 쏟을 거예요."

“……고마울 뿐만 아니라, 무시무시한 선언을 해줘서 정말 고마워.”

우타하 선배는 어이없어 하는 것과도, 쓴웃음과도 거리가 먼 표정을 지으며 한숨을 내쉬었다.

그리고 체념이나 저주가 아니라 감사의 말을 입에 담았다.

“그럼 나는 앞으로도 최선을 다하겠어……. 윤리 군에게 버림받지 않기 위해, 최선을 다할게. 그리고, TAKI씨가, 앞으로도 내 작품의 리뷰를 써주도록, 최선을 다할 거야.”

“저뿐만이 아니라 모든 독자를 위해 그렇게 하라고요, 카스미 선생님.”

“괜찮아. 방금 네가 말한 너로서 계속 있어주는 한, 분명 괜찮을 거야…….”

우타하 선배는 내 머리를 쓰다듬었다.

그것은 지금까지 볼을 쓰다듬거나 귀에 숨결을 불어넣는 행위보다 훨씬 얌전한 행동이었다.

“네가 그런 태도를 취해주는 한, 네 평가와 세간의 평가는 동일할 거야. 네가 내 작품을 인정해준다면, 다른 사람도 분명 내 작품을 인정해주겠지.”

“그러면, 좋겠네요…….”

“물론 노력은 필요할 거야. 항상 새로운 작품을 접하고, 눈을 계속 높이면서, 진정으로 재미있는 작품을 계속 쫓아다니도록 해. 하지만 초심을 잊지 말고, 흠만 찾으려고 하지 않으며, 순수하게 그림을, 스토리를 즐기는 마음을 계속 품는 거야."

"……기쁘지만, 정말 무시무시한 격려를 해줘서 고마워요."

그리고 평소보다 더욱 진지하며, 목소리에 힘이 어려 있었다.

"일단 다음 작품을 기대해. 네가 빠져들지 않고는 못 배기는 작품일 거야."

"예. 엄청 기대할게요."

나에게 그런 스킨십을 한 우타하 선배는 자신만만하면서도 약간의 장난기로 가득 찬 미소를 지었다.

"자, 그럼……."

우타하 선배는 내 몸에서 손을 떼더니, 천천히 몸을 일으켰다.

그리고 아까 전의 『그녀』처럼, 뒤돌아섰다.

"너한테, 울 기회를 한 번 더 줄게."

"진짜로 안 울었다고요!"

우타하 선배의 배려를 고맙게 받아들이기로 한 나는 현관에 앉아서 그녀를 돌아보지 않은 채, 그녀를 배웅했다.

"새해 복 많이 받아. 내년에도…… 우리 둘 다, 힘내자."

"예……. 에리리를 부탁해요."

"그녀를 쫓아가는 건 힘들지만…… 뭐, 어떻게든 해볼게."

아직 해가 바뀌지는 않았지만, 우타하 선배 또한 새해 인사로 우리의 대화를 마무리했다.

하지만 우리는 「올해도 잘 부탁해」라는 말은 입에 담지 않았으며…….

"저기, 윤리 군……. 너, 나를 좋아했어……?"

"윽~~~?!"

그리고 또다시 정적에 잠기려던 순간…….

우타하 선배는 마지막으로 약아빠진 장난을 쳤다.

"후후, 농담이야……. 나는, 사와무라 양처럼, 미련을 남길 생각은 없어."

"자, 잠깐만요. 우타하 선배…… 아."

내가 허둥대고 있을 때, 우타하 선배는 시원시원하면서도 의기양양한 미소를 입가에 지으며…….

"왜냐하면, 나는 알고 있거든.

너는 분명, 나를 사랑했어.

네가 사랑한 게 카스미 우타코이든,

『사랑에 빠진 메트로놈』이든, 그건 상관없어.

왜냐하면, 둘 다 나거든.

그러니까, 너는 나를 사랑했어.

아니, 지금도, 사랑하고 있어.

……물론, 앞으로도 마찬가지일 거야."

그리고 역시, 시원시원하게, 자신의 승리를 선언했다.

"그러니까, 아키 토모야 군…….

너는, 앞으로도 쭉, 나를 쫓아와.

위대한 작가를 숭배하는 팬으로서…….

그리고, 그런 작가를 쫓으려 하는 라이벌로서 말이야."

"……예."

"……그럼 이만 갈게."

우타하 선배는, 끝까지 웃고 있었다.

눈가에서 흘러내리는 이슬을 닦지도 않으며, 자신만만하게 웃고 있었다.

내 눈물을 빼앗아놓고, 한방 제대로 먹여줬다는 듯한 표정을 짓고 있었다.

제6장

걸즈 사이드 3.5

주(注) : 이 장은 토모야 시점이 아니라 제삼자 시점에서 진행됩니다.

홍백가합전이 거의 후반부에 접어들면서(아무도 보고 있지 않지만), 새해가 한 시간 후까지 다가왔을 즈음…….

"……저, 저기, 에리리."

"왜 그래? 메구미."

메구미와 에리리는 시선을 마주한 채, 아무 말 없이 거북한 시간을 보내고 있었다.

"무, 물 온도는 어때? 너무 뜨겁지는 않아?"

"아, 딱 좋아."

"그, 그렇구나……."

……하지만 두 사람은 현재 한 욕조에 같이 들어가 있었다. 대체 얼마나 사이가 좋으면 같이 들어가 있는 건데, 같

은 소리를 들을 수 있는 장소에 있는 것이다.

한동안 토모야의 방, 그리고 거실에서 모습을 감췄던 에리리가 집으로 들어왔을 때, 메구미는 마침 현관에 있었다. 그리고 그녀는 「에, 에리리를 찾으러 가려던 참이었어~」 라는 사실인지 거짓인지 미묘한 발언을 하면서, 돌아온 절친을 맞이했다.

그런 두 사람이 아무 말 없이 서로를 응시하고 있을 때, 욕실에서 나온 미치루가 「욕실 비었으니까 안 씻은 사람 씻어~」 하고 말했다.

두 사람은 잠시 동안 서로에게 양보를 했지만, 결국 에리리가 결의를 다진 표정을 지으며 「그럼 같이 씻을까?」 하고 말하며 메구미를 데리고 욕실에 들어갔다.

"그, 그러고 보니 같이 목욕하는 건 반 년 전에 같이 온천[GS 2권 9.5장] 갔을 때 이후로 처음이구나."

"아~, 그때는 우리 둘 다 다리를 쭉 펼 수 있었지만, 여기서는 그럴 수가 없네~."

에리리는 메구미의 발끝에 닿아 있는 자신의 발끝을 살며시 움직이더니, 자신의 엄지발가락으로 상대의 엄지발가락을 톡톡 두드렸다.

"그, 그래도 우리 둘 다 들어갈 수 있을 만큼 넓기는 하잖아."

하지만 메구미는 아직 에리리만큼 긴장이 풀리지 않았는지, 발가락을 오므리면서 몸을 웅크렸다.

"하긴, 나는 어릴 적에 이 욕조에서 수영을 한 적도 있어~."

"에리리는 토모야 군과 같이 목욕한 적도 있어?"

"뭐…… 그, 그러는 메구미는 어떤데?!"

"……어릴 적 일을 물은 거거든? 다 커서 한 적 있는지 물어본 게 아니거든? 그리고 나는 같이 목욕한 적 없어."

……하지만 방향성을 잃은 대화를 나누는 사이, 메구미도 몸 전체의 긴장이 풀렸다.

"……저기, 에리리."

"응~?"

긴장이 풀린 메구미는 욕조 안에서 천장을 잠시 동안 올려본 후…….

"나, 에리리를 좋아해."

"가, 갑자기 무슨 소리를 하는 거야?"

"……하지만 에리리가 나를 용서하지 못하겠다면, 얼마든지 미워해도 돼."

"아……."

느닷없이 불쑥, 하지만 명확하게 핵심을 찔렀다.

"에리리가 목표를 이루는 걸…… 방해했다는 건 자각하고 있어."

"……."

『……나는, 세상에서 가장 엄청나고…….

세상에서 가장 행복한 일러스트레이터가 되겠어.』

그것은 반 년 전, 메구미와 함께 여행을 간 에리리가 그녀와 함께 목욕을 하면서 했던 맹세다.

모든 것을 버리지 않은 채, 모든 것을 갈구하는 에리리의 욕심에 찬 진심어린 맹세다.

"응원을 할 생각이었지만…… 뭐랄까, 어느새 경쟁을 하고 말았네."

"메구미, 무슨 소리를 하는 거야……. 너는 처음부터 나와 경쟁을 했었잖아."

『에리리가 세상에서 가장 행복한 일러스트레이터가 된다면…….

나는 세상에서 가장 행복한 메인 히로인이 될 거야.』

이것 또한 반 년 전, 에리리와 함께 여행을 간 메구미가, 신칸센을 타고 돌아오는 길에 했던 맹세다.

수많은 것들을 잃었지만, 그래도 그것들을 되찾으려 하는 메구미의 약아빠졌고 포기할 줄 모르는 맹세다.

하지만…….

"……어, 들었던 거야?"

그것은 에리리가 잠들어있는 동안에 메구미가 멋대로 했던 맹세에 지나지 않았다.

"너, 그때부터 이럴 마음이었잖아? 토모야를 차지할 생각이었지?"

"그, 그때는…… 아직 절반 정도만 그럴 마음이었다고나 할까, 에리리를 슬프게 할 바에야 그냥 지금 이대로도 괜찮다고 생각했다고나 할까……."

"즉, 지금은 절대 양보할 생각이 없는 구나. 내가 슬퍼하든 말든 알 바 아닌 거지?"

"그, 그렇지는…… 아~, 으음, 결과적으로는 그렇게 됐지만, 저기…… 푸웁."

"후훗……."

그런 기밀정보로 메구미를 격렬하게 추궁하던 에리리는…….

평소와 다르게 안절부절 못하며 당황한 메구미를 향해 미소를 지으면서, 물대포를 날렸다.

"그건, 메구미 탓이 아냐."

"자, 잠깐만, 에리리……."

에리리는 메구미의 얼굴에 연이어 물을 뿌리더니, 물대포의 날리는 리듬에 맞춰 말을 이어나갔다.

“메구미가 토모야와 사귀게 된 건 메구미 탓이 아냐.”

“그, 그건…… 내 탓일 것 같은데…….”

메구미는 양손으로 그 공격을 막아내며 반격을 시도했다.

오른쪽 발끝을 수면 언저리까지 차올리면서 에리리를 향해 물을 날린 것이다.

“내가 토모야와 함께할 수 없는 건 메구미 탓이 아냐……!”

에리리는 지지 않겠다는 듯이 장거리 공격이 아니라 접근전을 펼쳤다.

두 사람 사이의 거리가 제로가 되더니, 그녀들은 물 범벅이 된 이마를 맞댔다.

“나와 토모야의 탓이니까 메구미와는 상관없어.”

에리리는 백합…… 아니, 우정이 묻어나는 거리를 유지한 채, 허세…… 아니, 강한 의지가 담긴 눈동자로 메구미를 응시했다.

“그 말은…… 내가 뭘 하든, 어떤 마음을 가지고 있든 에리리만 제대로 했으면 나와 토모야 군이 사귀게 되지는 않았을 거라는 의미야?”

한편, 메구미는 에리리와 밀착한 상태에서 그녀의 강렬한 시선을 받아냈다.

젖은 머리카락 사이로 보이는 눈동자가 에리리의 심정을

이해한 것처럼 미묘하게 흔들리는 와중에…….

"진짜로, 진짜로…… 그럴까?"

메구미는 절대 양보할 수 없는 의지가 얼굴에서 묻어나왔다.

"그 정도는 양보해! 메구미는 그게 자기 탓인 걸로 해야 직성이 풀리는 거야?"

"하지만, 에리리 때문에 나와 토모야 군이 사귀게 됐다는 건 좀……."

"패배자가 변명 정도는 하게 해줘! 메구미는 정말 고집쟁이라니깐!"

"아냐, 나는 멍한 애야. 집념이 강하지 않단 말이야."

"애초에 너는 용서받고 싶은 거야? 아니면 용서받고 싶지 않은 거야?!"

"으음~, 어느 쪽일까?"

"그것부터 정하란 말이야아아아~!"

"푸웁."

마지막에 가서 자신의 뜻을 굽히지 않는, 버드나무처럼 끈질긴 메구미를…….

에리리는 꼭 끌어안더니, 그대로 물속으로 들어갔다.

"……저기, 메구미."

"……응~?"

그리고 몇 분 후…….

"앞으로도 쭉 토모야와 함께 하겠다고 맹세할 수 있어?"
"으음~, 글쎄."
"뭐야……. 너, 진심이 아닌 거야?"
"애초에, 토모야 군은 우리 두 사람이 이렇게 난리법석을 떨 정도의 남자애라고 생각해?"
"그건 이 상황에서 해선 안 되는 말이잖아……."
욕조 안에서 난리법석을 친 바람에 살짝 현기증이 난 두 사람은 욕조에 축 기대고 있었다.
하지만 그런 두 사람은 여전히 고집을 부리고 있었다.
"메구미는 그렇게 토모야 따위는 별것도 아니라고 말하면서, 자기가 토모야를 선택한 걸로 하고 싶어 하잖아. 그리고 결코 자기 뜻을 굽히지 않아. 너는 대체 뭐가 하고 싶은 건데?"
"으음~, 뭐랄까…… 자신의 마음과 지금까지의 경위가 맞아 들어가지 않는다고나 할까……."
"혹시 「나는 왜 그런 녀석을 좋아하게 된 걸까…….」 같은 느낌인 거야?"
"우와, 그런 츤데레 발언은 차분한 심정으로 들으니 완전 깨네."
"깨는 건, 토모야를 향한 너의 현재 심정이잖아."
"……역시, 좀 깨지?"
"온몸에 소름이 돋을 정도야."
"뭐, 에리리도 깨는 애니까 부끄럽지는 않아."

"시끄러워."

하지만, 이렇게 고집을 피우고, 겉치레를 입에 담고, 허세를 부리는 사이…….

온수가 몸속으로 스며드는 것처럼, 서로의 생각이 마음에 스며들었다.

"저기, 에리리……."

"왜?"

"나, 전에도 말했지? 마음이라는 건 아주 작은 계기를 통해 바뀔 수 있다고."

"……즉, 이렇게 순식간에 달아올랐지만, 금세 식어버릴 수도 있다는 거야?"

"순식간에 달아오르지는 않았거든? 충분히 시간을 들였거든? 이상한 착각에 빠져있다는 것처럼 여기지 말아줄래?"

"아~, 그래~. 알았으니까 하던 말이나 계속해."

"응……. 잠깐만 기다려."

메구미는 방금까지의 분위기를 불식시키려는 것처럼 고개를 든 채 잠시 동안 눈을 감고 있더니…….

곧, 메인 히로인다운 표정을 지으며 에리리를 응시했다.

"하지만 만약…… 내가 어엿한 메인 히로인이 되었다면…….

주인공을 한결같이 마음에 품을 수 있는, 가련한 메인 히로인이 되었다면…….

엔딩과 에필로그가 지나도 말이야 앞으로도 쭉 주인공을 좋아할 수 있지 않을까?"

"그건…… 즉, 주인공 하기 나름이라는 거야?"

"그럴, 려나?"

"그 녀석이 너를 메인 히로인으로 존재할 수 있게 해주는 한 네 마음은 변하지 않을 거라는 거야……?"

"……솔직히 말해 엄청 깨는 생각이지?"

"손가락질하면서 깔깔 웃을 정도야."

"하지만…… 부끄럽지는 않아."

"흥……."

에리리는 메구미를 노려보며 코웃음을 치더니, 욕조 안의 물에 얼굴을 담갔다.

그리고 메구미는 그런 에리리가 어떤 표정을 짓고 있을지 상상하지 않기 위해, 다시 고개를 들어 올리며 눈을 감았다.

제7장

생각했던 것보다 욕심많은 히로인이 됐네.

"아직 여기 있었구나……."

"우와……."

우타하 선배가 집에 들어가고, 으음~, 30분 쯤 흘렀다.

몇 번이나 『슬슬 방으로 돌아가야지』 하고 결심하면서도, 왠지 그 사람들이 있는 곳으로 돌아가는 것을 주저하는 것을 반복했고…….

그리고 자연스럽게 그 굴레 안으로 돌아가기 전에, 내 부자연스러운 행동과 태도를, 가장 보여주고 싶지 않은 상대에게 보여주고 말았다.

"어, 너 방금 목욕했지? 이런 곳에 오면 감기 걸릴 거야."

가로등 불빛에 비친 메구미는 파카 위에 코트를 걸쳤으며, 맨발로 샌들을 신은 데다, 머리카락도 꽤 물기를 머금은 채 빛나고 있었다. 그야말로 감기 걸리기 딱 좋은 차림새였다.

"토모야 군이야말로 한 시간 넘게 여기에 있었지? 그러다

감기 걸려.”

“……어떻게 내가 여기 있었던 시간까지 아는 거야?”

“아~, 그건. 뭐, 됐어.”

하지만 메구미는 피장파장이라는 듯이 그렇게 말하면서 내 옆에 서더니, 나와 마찬가지로 하늘을 올려다보았다.

“그러니까, 빨리 들어가야…….”

“이러면, 춥지 않을 거야…….”

그리고 그대로 나와 몸을 밀착…….

“……같은 짓은 안 할 거야. 이미 게임이 발매됐으니까, 이벤트를 만들 필요도 없잖아.”

……시키지는 않은 채, 나와 거리를 두며 서있었다.

“……그냥 집에 들어가라고!”

메구미는 커플들이 할 법한 말을 입에 담아서 내가 괜한 기대를 품게 한 후, 그대로 깔끔하게 무시하며 넘어가버렸다. 진짜 너무하네.

“뭐, 그래도 이러면 손은 춥지 않을 거야.”

“으, 응…….”

메구미는 그렇게 나를 낙담시킨 직후에 막 목욕을 해서 따뜻한 손으로 내 손을 꼭 움켜쥐었다. 진짜 너무하다니깐…….

“앗, 차가워. 토모야 군, 대체 얼마나 여기에 있었던 거야?”

“잠시 후면 너도 나처럼 될 거야.”

“우와, 그건 싫어. 새해 연휴를 감기로 골골대면서 보내는 건 최악이야."

"그래서 빨리 들어가라고 한 거야."

"토모야 군이 들어가면, 나도 같이 들어갈게."

"나는…… 조금 있다 들어갈래."

"……그럼 조금 있다, 같이 들어가자."

"응……."

우리는 그렇게 잡담을 나누면서…….

겨울밤의 추위에 진 것처럼, 뒤엉킨 서로의 손가락을 통해 체온을 공유했다.

"코믹마켓, 끝났네."

"예상보다 순조로웠어~."

"우리 게임, 완성됐어."

"상자 안에 들어있던 대량의 돈을 봤을 때는 약간 놀랐지만~."

게임이 매진된 후, 감격한 표정을 남에게 보여주지 않으려는 것처럼 쭉 고개를 숙이고 있던 메구미가 지금은 그 순간의 추억을 가볍게 흘러 넘기려 하고 있었다.

"하지만 진정한 승부가 아직 남아있어."

"매장 위탁 말이야? 하지만 그렇게 많은 사람들에게 팔아놓고, 더 팔려고 드는 것도 좀 그렇다는 생각이 들어."

"아, 그런 앞으로의 일이 아냐. 오늘 해야할 일이라고."

"오늘 해야할 일? 하지만, 딱히……."
"메구미를 데려가겠다고 약속했잖아."
"아……."
"뒤풀이 파티에도 데려가겠다고 약속했잖아."
그렇다. 이벤트가 무사히, 성황리에 끝난 것만으로 달성감에 젖어서는 안 된다.
이벤트를 먹고 마시고 돌이켜보며 다 같이 웃고 투덜대며 그리고 마지막으로, 공허함과 나른함과 쓸쓸함으로 가슴 속을 가득 채운 이 순간…….
"뒤풀이 파티, 즐겁지?"
"……좀 안타깝기도 해."
"그래서 좋은 거야……."
"응……."
솔직하게 말하자면, 나는 메구미 이상으로 쓸쓸함과 안타까움을 느끼고 있었다.
2년 동안 목표로 삼아왔던 곳까지 올라왔을 뿐만 아니라…….
2년 동안 일어났던 변화를 솔직하게 그리고 뼈에 사무치도록 느끼고 있으니까…….

"저기, 토모야 군."
"왜?"

"앞으로, 어떻게 할 거야……?"

"글쎄. 방으로 돌아가서 다 같이 새해맞이 메밀국수를 먹은 다음, 새해 카운트다운을……."

"오늘 이제부터 뭘 할지가 아니라, 앞으로 어떻게 할 건지를 묻는 거야."

"앞으로……."

"졸업 후의 진로, 서클…… 그리고 네 장래에 대해서."

"아……."

축제가 끝나면, 일상이 시작된다.

아니, 시작되는 것은 일상이 아니라 장래를 향한, 미래를 향한, 기나긴 싸움이다.

꿈을 이루기 위한, 성장하기 위한, 마침표 없는 싸움이다.

"미안하지만, 토모야 군은 대단한 사람이 되어줘야만 해……."

"그래?"

"응."

왠지 그 소망은 메구미의 예전 소망과는 조금 다른 것 같았다.

"뭐, 뭐어, 일단 노력해보겠다고 말할 수밖에 없을 것 같아……."

"노력하는 것만으로는 대단한 크리에이터가 못 될걸? 에리리나 카스미가오카 선배처럼은 되지 못할걸?"

"그, 그야 그렇겠지만……."

왠지 다른 누군가의 소망을 이어받은 느낌마저 들었다.

"언젠가 또 다 같이 할 거지? 오늘 이곳에 있는 이들과 함께 멋진 파티를 열 거지?"

메구미가 오늘 언제 그런 마음을 품게 되었는지는 알 수 없지만…….

"그래."

하지만, 그런 사소한 것은 아무래도 상관없다.

왜냐하면 그것은 내가 오늘 품은 마음과 똑같았다.

"앞으로도, 힘내자."

"으, 응……."

그리고 더 중요하고 기쁜 맹세였다.

왜냐하면 메구미는 다 같이 라고 말했다.

자신이 포함된 모두 라고 말했다.

우리 중에서 유일하게 크리에이터도, 크리에이터가 되는 것을 목표로 삼고 있는 이도 아니지만…….

그래도 자신을 모두에 포함시켰다.

……내 곁에 있어주는 것이다.

"……메구미."

"왜?"

"아무 것도 아냐……."

내가 나답지 않게 감상에 젖어 있을 때…….

메구미가 방금 자기 입으로 부정했던 행위를 하면서, 나의 그 감상에 호응해줬다.

……메구미의 머리가 내 어깨에 살며시 놓였다.

게임도 완성됐는데, 이벤트를 만들 필요도 없는데…….

그런데도 나의 메인 히로인이 되어줬다…….

"아, 토모야 군."

"응?"

"제야의 종소리가 들려……."

"오~, 흔해빠진 시추에이션~."

"그야말로 미소녀게임에 걸맞은 이벤트네."

"뭐, 지금은 미소녀게임의 이벤트가 아니지만 말이야."

"그럼 러브러브 장면은 이제 그만 끝내고, 다른 애들이 있는 곳으로 돌아갈까?"

"……이제 끝내는 거야?"

"끝내기 싫어?"

"그, 그야……?!"

……뭐, 누가 보고 있을지 모르니까 그로부터 3초 동안 무슨 일이 있었는지에 대해서는 묘사하지 않도록 하겠습니다.

“자, 그럼 해당 장면도 끝났으니까 이제 돌아가서 국수를 삶아야지~.”

“메, 메구, 메구……?!”

“그러고 보니, 메밀국수는 사놨는데 국수장국은 안 사왔네. 7인분이나 남아있으려나?”

“너, 태도 변환이 너무 빠르잖아! 좀 여운에 젖으라고!”

“어~, 무슨 소리를 하는 건지 모르겠네~.”

뭐, 아무튼, 그렇게 격렬한 싸움으로 점철되었던 해는 막을 내렸고…….

우리의 새로운 싸움이 시작될 해의, 막이 올랐다.

※ ※ ※

의욕을 불태우면서 현관문을 열고, 거실에 들어선 우리의 눈에 들어온 것은…….

“우에에에에엥~, 토모야아아아~, 메구미이이이~.”

“아아, 드디어…… 내 곁으로 돌아와줬구나, 윤리 군~.”

“아~, 호모야 썬빼다아아아~.”

“토모오오오~, 이쪽으로 와~. 같이 놀자~.”

거실에 깔린 이부자리 위에서 뒤엉킨 채, 흐트러질 대로 흐트러져 있는, 네 명의 여자애였다.

"……뭐가 어떻게 된 거야?"

"……글쎄……."

분명 이 집에는 남자가 한 명 더 있을 텐데, 일찌감치 위기를 감지하고 모습을 감춘 것 같았다.

"우에에에에엥~, 나, 나 말이지……. 역시, 역시이~."

"역시 안 되겠어……. 놔주지 않겠어. 너는 영원히 내꺼야아아아~."

"아하하하하하, 내꺼, 내꺼~."

"오~, 선배, 빠이띵~."

게다가 방 안을 둘러보니, 이부자리 곳곳에는 각양각색의 은박지가 떨어져 있었다.

그리고 테이블 위에는, 그 은박지에 쌓여 있는, 술병 모양의 과자가 있었다.

"이건…… 에리리의 아버지가 영국에 갔다 오는 길에 선물로 사다준……."

"어, 또 같은 일이 벌어진 거야?"

애니메이션화된 작품이 방송 심의에 저촉되지 않기 위해 쓰이는 위○키 봉○…….

"앗! 약아빠졌잖아, 카스미가오카 우타하~! 토모야는 내꺼야~, 내꺼라구~."

"남자는 말이지, 첫 여자의 곁으로 돌아오는 법이란 말이야아아아~."

"……진짜로 그래?"

"아까 전의 눈물을 돌려줘어어어~!"

에필로그

"참, 앗키는 대학입시에서 전멸했다며?"

"……다시금 현실을 떠올리게 해줘서 고마워, 토키."

그리고 해가 바뀌고, 시간이 흘렀다.

이 작품의 전통에 따라 중요한 학교행사를 전부 넘겨버린 가운데, 오늘은 졸업식이 끝난 후인 3월 하순.

"이야~, 예상대로네. 솔직히 말해 그렇게 서클 활동에 죽자 살자 매달려놓고 대학에 들어가자고 마음먹은 앗키도 근성 하나는 정말 대단해~."

"에치카~, 애초에 도전부터 안 한 사람이 도전 끝에 패배한 사람을 비웃는 건 좀 그렇지 않을까?"

이곳은 우리의 홈그라운드인 아키바하라에 있는 라이브하우스의 대기실이다.

그리고 지금은 라이브 개시 30분 전이자, 리허설 종료 직후의 휴식 타임이다.

"뭐, 오늘만큼은 4월부터 시작될 재수생 생활을 잊고, 우리의 라이브를 즐겨. 아, 참고로 나는 대학에 합격했어."

"너희 라이브는 두 번 다시 보러 오지 않을 거야!"

내 눈앞에 있는 세 사람은 고등학교 졸업 기념으로 오래간만에 라이브를 하는 걸즈 밴드 『icy tail』의 멤버들이다.

"뭐, 앗키도 우리와 같은 전문학교에 와. 아직도 신입생을 모집하고 있거든?"

기타 담당, 히메카와 토키노, 통칭 토키…….

토키는 4월부터 도쿄에 있는 모 오타쿠 전문학교의 성우과에 다닐 예정이며, 진심인지 즉흥적으로 정한 건지는 모르겠지만 밴드 활동과 성우를 병행할 생각이라고 한다.

"맞아~, 게임과도 있어. 혹시 전문학교에 들어오면, 우리는 앗키네 집 근처에서 방을 찾아볼게~."

베이스 담당, 미즈하라 에치카, 통칭 에치카…….

에치카는 4월부터 토키와 같은 전문학교의 컴퓨터과로 다닌다고 한다.

참고로 그녀들은 도쿄에서 룸 셰어를 하며 함께 살기로 했으며, 지금은 방을 구하느라 여념이 없었다.

"하지만 근처에 집을 구하면, 밋치가 앗키네 집에 지금보다 더 자주 갈 것 같네……. 그러면 앗키 애인이 화내지 않을까?"

드럼 담당, 모리오카 란코, 통칭 란코…….

란코는 4월부터 지방에 있는 대학에 다니며, 꿈을 좇고 있는 다른 멤버들을 미묘하게 차가운 눈길로 응시하고 있는 것 같았다.

"안 돼……. 그것만은 절대 안 된다고……."

그리고 전직 매니저 담당, 아키 토모야 통칭 앗키…….

4월부터 대학생도 사회인도 아니라…….

2년에 걸쳐 쫓아왔던 꿈을 성취한 작년 연말의 겨울 코믹 마켓이 끝난 후, 새해가 되자마자 허둥지둥 진로에 대해 검토했지만(당연한 소리지만) 이미 때는 늦었다. 결국 대충 넣은 대학은 내 벼락치기 수험 대비를 완벽하게 부정한 것이다.

그리고 현재, 내년 이후의 진로를 어떻게 할지 결론을 내리지 못한 채, 재수학원에 다니지도, 전문학교에 들어가지도, 아르바이트도 하지 않으며, 이렇게 고졸 무직의 지위를 누리고 있었다…….

"그러고 보니 앗키는 토요가사키 졸업생인데도 앞날이 깜깜하네~."

"뭐, 내신등급이 바닥을 치는 여고에 다니던 우리에 버금갈 정도로 공부를 하지 않았잖아~."

"나는 열심히 공부했거든? 똑같이 취급하지 마."

"아~, 나는 4월부터 어떻게 하지……."

앞날이 불투명한 나에게, 진로는 결정됐어도 그 이후의 앞날은 여전히 불투명한 여자들이 거들먹거리면서 피와 살이 되는 말을 건네주자, 나는 머리를 감싸 쥐며 몸을 웅크렸…….

"진로는 이미 정해져 있잖아!"

"뭐……?"

바로 그때, 거들먹거리는 정도가 아니라 신의 계시를 연상케 할 만큼 힘차고 긍정적인 목소리가 들렸다.

"우리와 함께 메이저에 진출하는 거야, 토모!"

"아……."

……아니, 건방지고 무사태평한 목소리라고 표현하는 편이 나을지도 모른다.

"안녕, 밋치……."

"두 시간이나 지각했네……."

"이미 리허설이 끝났어."

"괜찮아~! 내가 무대 체질이라 리허설이 필요 없다는 건 다들 알고 있잖아!"

보컬&기타 담당, 효도 미치루, 통칭 밋치…… 4월부터 나와 같은 처지인 여자애다.

참고로 나와는 다르게 벼락치기 대입 준비도 안 한, 어마어마한 거물이다.

"그리고 토모. 기왕 여유가 생겼으면 우리 매니저로 복귀하면 되겠네."

"하지만 현재 너희 매니저는 이오리인데……."

"그러니까, 좀 더 본격적으로 일을 벌이자는 거야! 하시마 오빠 쪽은 사무소를 만들어서 사장을 맡고, 토모는 현장 매니저를 맡는 거지!"

"……너는 나와 마찬가지로 무직인데도, 정말 긍정적(여유만만)이구나."

아무래도 이 녀석은 『icy tail』이 인디밴드의 영역을 벗어났다고 여기고 있는 것 같았다.

"하지만 그것도 괜찮을 것 같아! 앗키와 핫시 콤비라면 범에 날개를 단 격일 거야!"

"게다가 핫시는 프로듀서로서는 악마지만, 매니저로서는 귀축이거든."

"응. 공격의 핫시, 총수의 앗키……가 아니라, 방어의 앗키라는 체제도 괜찮을 것 같아."

"그런 체제는 사양이야! 그리고 그런 무시무시한 말실수 좀 하지 마!"

뭐, 현재의 『icy tail』이라면 그런 꿈같은 이야기도 실현이 가능할지도 모른다는 생각이 들 정도로 성장했다.

단독 라이브 때도 수백 명 규모의 객석은 여유롭게 채울 수 있고, 인디 레벨이라고는 해도 매장에 CD가 진열되어 있으며, 멤버들이 고등학교를 졸업하는 4월부터는 거의 매주 라이브를 하기로 되어 있는 것이다…….

이대로 아키하바라, 그리고 인디를 제패한 후, 그 기세를 살려 메이저로 올라가는 것도 불가능하지는 않을 것이다.

……아니, 그것을 바라는 팬도 잔뜩 있다.

하지만…….

"아~, 시간이 벌써 이렇게 됐네. 그럼 나는 굿즈 판매를 도우러 갈게."

"기다리고 있을게~, 토모♪"

"시끄러워!"

하지만, 이 무사태평(미치루) 아가씨에게 내 인생을 맡긴다는 선택지에서는 불길하기 그지없는 향기가 피어나고 있었다.

게다가…… 그 진로를 절대로 허락하지 않을 사람도 있는 것이다.

※ ※ ※

"TAKI군, 원서 넣은 대학에서 전부 떨어졌다며?"

"마치다 씨까지 그런 소리를 하는 거예요?!"

그리고, 라이브 다음날.

도쿄 어느 구 후시카와쵸, 후시카와 서점 빌딩 인근에 있는 패밀리 레스토랑으로 불려간 나는 어느새 완전히 안면을 튼 검은색 정장 차림의 성인 여성과 마주 앉아 있었다.

"하지만 TAKI군도 고등학교를 졸업했구나……. 이제 고등학생 편집자나 고등학생 게임 디렉터처럼 좀 대단해 보이는 직함 대신, 알바 편집자나 외주 디렉터 같은 꼴사나운 직함을 쓰게 됐네."

"……그런데, 무슨 일이에요? 무직에 앞날도 깜깜한 저를 손가락질하면서 비웃으려고 부른 건가요. 그런 거군요."

후시카와 서점 판타스틱 문고 부편집장, 마치다 소노코.

"아, 그렇지 않아……. 아카네[12권] 일을 잘 처리해준 너한테 고맙다는 말을 아직 하지 않았다는 게 생각났거든."

참고로 현재는 비공식적이기는 해도 어느 회사의[코슈 기획] 사장비서 같은 역할도 맡고 있다는 소문이…….

"TAKI군도 얼마 전까지 수험생이었으니까, 바쁜 일이 얼추 정리되었을 즈음에 연락을 취해본 거야."

"그리고 바쁜 일이 정리(대학 불합격)된 것 같으니까, 슬슬 불러내서 비웃어주자고 생각한 건가요. 그런 거군요."

"딱히 악의는 없는데…… 하지만 네가 『필즈 크로니클XIII』 제작을 돕느라 대학에 떨어진 게 아니라는 건 확신하고 있거든? 그래서 양심의 가책도 느끼지 않아."

"죄송한데 지금 바로 돌아가도 될까요?"

약 반년 전…….

가을이 깊어가고, 졸업을 앞둔 고등학교 3학년들이 드디어 대입 준비에 더욱 박차를 가할 즈음…….

나는 자신이 이끄는 서클의 동인 게임 제작과 병행해, 콘슈머 게임 제작회사 마르즈의 대작RPG『필즈 크로니클XIII』의 디렉션(의 헬프)을 맡았다.

……자초지종을 모르는 사람이 들으면 허풍이 센 자칭 업

계인(업계에 꽤 많음)의 헛소리처럼 들리겠지만, 그것은 실제로 일어난 엄연한 사실이다. 또한 그걸 떠올릴 때마다 지금의 자신이 아무 것도 가지지 못했다는 게 구구절절하게 느껴져서 공허한 눈빛을 띄게 된다고나 할까…….

"뭐, 손가락질을 하며 비웃어줄 생각은 없지만, 그때의 답례를 하고 싶다는 건 진심이야. 그리고 뒤풀이를 겸해 아카네 험담 대회도 하고 싶었어."

"……후자에는 매우 관심이 있지만, 그건 제가 좀 기운을 찾은 후에 개최해줬으면 좋겠네요."

"……그렇게 기운이 없어?"

"……뭐, 작년을 그렇게 보내놓고 올해 봄부터 캠퍼스 라이프를 구가한다면, 남들이 객관적으로 볼 때 짜증나는 일일 테니까요."

솔직히 말해 교내 정기 시험을 어떻게 클리어한 것인지 의문이 들 지경이었다.

"그래도, 한가해서 죽겠지?"

"뭐, 좀…… 아니, 꽤나……."

이렇게 어중간한 상황에 처한 탓에, 진로 및 서클에 관해 머리가 진지하게 고민하지 못하고 있었다.

"실은 앞날이 깜깜한 무직 백수인 현재 상황 때문에 마음이 괴로울 뿐만 아니라 부모님을 볼 면목도 없을 TAKI군에게, 솔깃한 제안을 하나 할까 해."

"백수가 아니라 그저 재수생이니까 그 정도로 괴롭지는 않다고요."

"하지만 4월부터도 아무 것도 하지 않고 빈둥거렸다간 꽤 마음이 괴로울걸?"

"그야, 뭐……."

이런 상황에서 「학원에 갈 거니까요」하고 맞받아칠 수 있을 정도로 내가 낙관적이라면, 아무것도 지니지 못한 나 자신 때문에 이 정도로 불안을 느끼지는 않았을 것이다.

"……후시카와에서 일 해볼 생각은 없어?"

"……예?"

그리고 마치다 씨의 제안을 듣고, 이 정도로 마음이 동하지도 않았으리라…….

"뭐, 처음에는 아르바이트로 시작하겠지만, 편집자의 노하우를 습득할 수 있을 거야. 그리고 몇 년 동안 실적을 쌓으면 정사원으로 등용될 가능성도 생겨. 그리고 장래에 업계에서 일을 하게 된다면, 그 경험은 분명 큰 재산이 될 거야."

마치다 씨의 목소리에서 장난기가 사라졌다.

진지하고, 열기가 어린 목소리로, 꽤 편집자다운 제안을 했다.

"하지만 후시카와 정도면 편집자를 지망하는 학생이 잔뜩 몰려들 것 같은데……."

"맞아. 하지만 나는 그 누구보다도 네가 우리에게 있어 도움이 될 거라고 생각하기 때문에, 이런 제안을 하는 거야."

"마치다 씨……."

유일하게 위화감이 느껴지는 점은 고등학교를 갓 졸업한 나를, 후시카와의 부편집장이나 되는 사람이 특별시하고 있다는 사실이다.

"실은 말이지. 판타스틱 문고에서 어떤 거물 작가의 신작을 내기로 했어. 하지만 나 말고 다른 편집자가 그 작가를 맡게 됐지 뭐야. 뭐, 나도 부편집장이니 어쩔 수 없다고 생각하는데, 문제는 바로 그 작가야. 뭐랄까, 다른 편집자를 따르지 않는다고나 할까, 엄청 낯을 가리는 애거든. 그러니까, 시 양한테서 원고를 받아낼 수 있는 사람은 이 세상에 나와 TAKI군뿐……."

"죄송한데, 그 신작이 엄청 관심이 가지만, 정중히 사양하도록 하겠습니다아아~!"

……하지만, 애끓는 심정으로 내린 결단을 뒤집어엎을 수밖에 없는 제안은 제발 하지 말라고요.

이야기가 끝나고, 계산을 마친 후(후시카와 서점 앞으로 영수증을 끊은 후), 가게 밖으로 나가보니, 밖은 봄의 온기에 휩싸여 있었다.

아직 꽃봉오리만 맺힌 벚나무 너머에는 후시카와 서점의 빌딩이 있었다.

그리고 그 빌딩 너머에는 후시카와 대학의 정문이 존재했다.

……참고로, 나는 저 학교에 대입 원서를 넣었지만 떨어졌다.

게다가…….

"뭐, 그러니까 생각이 바뀌면 연락 줘."

"바뀌지 않거든요? 진짜로 좀 봐달라고요, 마치다 씨."

뭐, 일단 그건 제쳐두기로 하고, 마치다 씨는 또 아까 전의 이야기를 언급했다.

재수생인 걸 가지고 놀림을 당할 때보다 더 당황한 나를 쳐다보며 즐기고 있는 것처럼 느껴졌다.

"하지만 언젠가 같이 일을 할 수 있으면 좋겠어. 작가와 편집자로서도 괜찮을 것 같네."

"그 말은……."

"『시원찮은 그녀를 위한 육성방법』, 플레이해봤어."

"고, 고마워요……."

그래도 말끝마다 나를 조금은 인정하는 기색이 느껴졌기에, 좀 떨떠름했다.

"뭐, 한 마디로 감상을 정리하자면…… 이 작가의 학원 러브코미디 소설을 읽어보고 싶다는 느낌이 들었어."

"……정말, 인가요?"

"생각이 있으면 언제든 플롯을 들고 와. 자근자근 밟아준 후에 언젠가 반드시 출판시켜줄게."

"마, 마치다 씨……."

아니…… 『조금』이라는 느낌이 아니었다.

카스미 우타코를 발굴했을 정도로 최고의 후각을 지닌 편집자가 해준 이 말은, 나에게 있어 신의 계시나 다름없었다…….

"……뭐, 게임 시나리오로 이름을 충분히 알린 다음에 라이트노벨로 데뷔하는 편이 나을지도 몰라. 요즘은 신인상보다 인터넷 소설 연재 사이트 같은 걸 통해 올라온 사람이 대박을 터뜨릴 확률도 높거든~."

"그만해요! 장면 전환 직전에 그런 뜬금없는 소리를 하지 말라고요!"

※ ※ ※

"소년, 대학에 떨어졌다며?"

"하아…… 이제 됐어요."

그리고 또 다음날.

도쿄 어느 구 어느 동, 어느 고층 빌딩의 한 층을 통째로 전세낸, 주식회사 코슈 기획.

이 회사의 사장실……이라기에는 자료와 기자재로 가득 차 있어서, 거주구로는 전혀 보이지 않는 곳으로 불려온 나는 어쩌다보니 이런저런 인연으로 얽힌 흑발 롱헤어 30대 여성과 얼굴을 마주했다.

"뭐, 대학에 들어가 봤자 기술적으로는 전혀 도움이 안 되니 개의치 않아도 돼. 가장 중요한 인맥 형성 또한 대체수단이 얼마든지 있지.”

“역시 소오 대학을 중퇴한 사람이라 그런지 발언에도 무게감이 실려 있네요…….”

주식회사 코슈 기획 대표이사……는 어디까지나 직함이며, 본성은 잘 나가는 만화가 겸 원작자, 그리고 프로듀서와 디렉터도 겸임하는 음흉 크리에이터, 코사카 아카네.

“아무튼 졸업 축하해. 자아, 마셔.”

“미성년자에게 술을 권하지 마세요. 그리고 당신도 마시지 말라고요.”

“쳇…….”

……그리고 지금은 얼마 전에 발병한 뇌경색 때문에 건강과 관련된 다양한 지적을 받고 있는데도 좀처럼 의사가 시키는 대로 하지 않는, 그야말로 목숨을 건 어리광쟁이이기도 했다.

“그것보다, 제가 사인을 할 서류나 주세요.”

“아, 그랬지. 금방 찾아줄 테니까 잠시만 기다려.”

내 말을 듣고서야 오늘 나를 부른 이유가 생각난 듯한 코사카 씨는 손에 든 술병을 바닥에 내려놓더니, 자신이 앉아 있던 서류 다발의 산을 뒤지기 시작했다.

그렇다. 오늘 내가 이곳에 온 것은 나와 코슈 기획 사이의 계약을 체결하기 위해서다.

……하지만 그 계약에 따른 업무는 작년에 전부 종료했으며, 이것은 깔끔한 마무리를 위해 형식적인 서면을 교환하는, 단순한 의식에 불과했다.

작년 가을, 나는 병으로 쓰러진 코사카 씨를 돕기 위해서 코슈 기획의 임시 사원…… 즉, 코사카 아카네의 대리인이 되었다.

하지만 그렇다고 해서 크리에이터로서의 내 능력을 인정받은 것이 아니며, 그저 내 인맥 — 카시와기 에리와 카스미 우타코의 매니지먼트 능력 — 이 인정받았을 뿐이다.

코사카 씨가 쓰러진 후, 나는 메이커인 마르즈 측에서 원화가와 시나리오라이터를 제어하지 못한 탓에 붕괴될 위기에 처한 프로젝트『필즈 크로니클ⅩⅢ』을 다시 일으켜 세워서 어찌어찌 완성시켰다.

하지만 실제로 게임을 만든 건 마르즈 측이며, 나는 그저 원화와 시나리오의 진척 관리와 납기 조정 등만 했을 뿐이다.

"……잠깐만요."

그렇게 반 년 전의, 어찌 보면 화려하고, 어찌 보면 씁쓸한 기억을 떠올리며 펜을 놀리던 나는 내 이름의 마지막 글자를 적기 직전에 손을 멈췄다.

"왜 그래? 이상한 부분이라도……."

“이 금액은 대체 뭐예요?!”

“적은 거야? 미안한걸. 그럼 소년이 원하는 금액을…….”

“그, 그만해요! 그런 농담은 듣고 싶지 않다고요오오오~!”

0이, 0이…….

하나, 둘, 셋, 넷, 다섯, 여섯, 일곱, 그리고…….

“로열티 계약이니까 어쩔 수 없어. 현재 『필즈 크로니클 XIII』은 국내 출하수가 ●●만 개이며, 소프트 가격이 ●천 ●백 엔, 내 로열티가 ●퍼센트. 그리고 그 중에서 내 대리인이었던 소년의 몫을 ●●퍼센트로 계산…….”

“마지막 비율이 너무 이상하잖아요오오오~!”

아니, 카시와기 에리와 카스미 우타코한테도 이렇게 많은 돈을 주지는 않았을 것 같은데…….

아, 이 사람이라면 줬을 지도 몰라. 하지만…….

“돈은 많으면 많을수록 좋은 거라고 생각하는데 말이야.”

“너무 많아도 곤란하다고요! 세상물정 모르는 고등학생의 금전감각을 파멸시키지 말라고요!”

“너는 이제 고등학생이 아니잖아?”

“그리고 아픈 곳도 찌르지 마요! 아무튼! 이런 거금은 못 받아요! 정 줘야겠다면, 부모님과 상의 좀 할게요!”

이 회사, 사장이 요 모양 요 꼴인데 어떻게 지금까지 망하지 않은 거야?

솔직히 말해, 마치다 씨를 영입하지 않으면 제대로 굴러가지도 않은 것 같은데?

"알았다, 알았어. 성가시네……. 그럼 절반이면 되겠어?"

"0을 한 개, 아니, 두 개 빼면…… 그러고 보니 예전에 『세금 신고를 안 해도 되는 금액』만 달라고 말했잖아요?"

"욕심이 없는 녀석이네. 그런 녀석은 크리에이터로서 신용받지 못해. 클라이언트에게 제대로 된 금액을 받아내지 못해서, 자신감을 잃고, 생활 또한 힘들어지지……. 자기 성장에 있어 백해무익한 거야."

"하지만 너무 높여버리면 그 후로 금액을 낮추지 못해서, 결국 일이 들어오지 않은 탓에 자멸해버리는 크리에이터도 있다고 들었거든요?"

"뭐, 자신의 실력을 계속 갈고닦으면서 시대에 맞춰 나가면 돼. 어려운 일도 아니잖아?"

"당신 같은 괴물이라면 몰라도 다른 사람들에게는 엄청 어려운 일이라고요……."

그걸 지금까지 실천해온 사람의 발언이라 무게감은 있지만, 나는 왜 이렇게 비현실적으로 들리는 걸까. 뭐, 그게 당연한 거겠지만 말이다.

그것보다, 남에게는 돈에 집착하라고 말하면서도 이 사람은 돈에 전혀 관심이 없는 것 같다니깐.

"뭐, 어쩔 수 없지. ……자, 0을 두 개 뺐어."

코사카 씨는 이 자리에서 0 두 개에 볼펜으로 줄을 긋더니, 그 수정부분에 자신의 인감도장을 찍었다.

"뭐, 이 정도라면……."

이런 식으로 수정하면 되는 건지는 모르겠지만, 문제가 있다면 다시 쓰면 될 것이다. 나는 그렇게 생각하면서 펜을 다시 쥐었지만, 혹시나 싶은 마음에 계약서를 꼼꼼히 살펴보았고…….

"……어, 잠깐만요."

내 이름의 마지막 획을 쓰기 직전에, 손을 멈췄다.

"이번에는 또 뭐야? 금액이라면 네가 알아서 고치면……."

"이 조항……."

"……쳇."

"「쳇」이라고 말했어! 이 사람, 방금 「쳇」 하고 혀를 찼다고!"

"계약서를 그렇게 꼼꼼하게 읽어보다니, 정말 크리에이터답지 않은 녀석이네. 사소한 일은 대충대충 넘어가야 진정한 크리에이터라고 할 수 있는 거야."

"당신, 아까와 정반대되는 소리를 하고 있거든?!"

일시금으로 수당을 지급하기만 하는 것치고는 두꺼운 계약서의 네 번째 페이지 이후…….

거기는 어찌된 영문인지, 취업 장소, 취업시간, 휴일, 급료, 급료 인상, 상여금 등, 딱 봐도 정규 고용 계약에 근거한 서식으로 꾸며져 있었으며…….

"이야, 이번 일로 통감을 해서 말이야……."

"뭘 말이에요?!"

"나한테는 오소노 혹은 소년이 필요하다는 걸…… 특히 카시와기 에리나 카스미 우타코를 앞으로도 써먹을 거라면 말이지."

그리고 그 계약서의 구멍…… 아니, 추가 사항을 내가 발견하자, 코사카 씨는 뻔뻔한 목소리로 이렇게 말했다.

"그건 맞는 말일지도 모르지만, 그럼 마치다 씨를 고용하라고요!"

"하지만 그 녀석은 회사원이잖아? 그리고 소년은 현재 무직이지."

"안 그래도 무직이라 죽겠으니까 마음의 상처를 찔러대지 말라고요!"

"아, 그리고 네가 만든 게임을 플레이해봤어."

"겸사겸사 떠올려줘서 감사합니다! 그런데 그 이야기는 왜 하는 건데요?!"

"그림과 음악은 최고지만, 시나리오가 엉망이던걸. 매사가 캐릭터들에게 유리하게 술술 풀리는데다, 별다른 풍파도 없었지. 게다가 주인공이 너무 얼간이야."

"거 참 죄송합니다! 기대에 부응하지 못하는 쓰레기 시나리오라서 정말 죄송하네요!"

"일단 내 말을 끝까지 들어봐. 그래도 메인 히로인의 귀여

움은 끝내줬어.”

“아…….”

“그런 시나리오는 분명 너만 쓸 수 있어. ……나는 낯 뜨거워서 절대 못 써. 지금의 소년에게 있어, 그것은 최고의 무기일 거야.”

“아, 아, 아…….”

그런 당치도 않은 악평을 하면서도…….

당대 최고의 슈퍼 크리에이터는…….

일개 동인 작가인 나에게, 어마어마한 복음을…….

“그러니까, 스토리 작성법만 제대로 배우면 너는 괴물이 될 수 있어. 그러니까, 내 밑에서 한동안 수행해보지 않을래? 뭣하면 공짜로 부려먹어 줄게.”

“극단에서 극단으로 치닫지 말라고요!”

……역시 이 사람은 창작 이외에는 할 줄 아는 게 하나도 없는, 당대 최고의 인간말종이다.

※ ※ ※

“아하~. 많은 사람들한테서 다양한 제안을 받은 바람에 고민하고 있는 거구나~.”

“뭐, 맞아.”

그리고 그로부터 며칠 후…….

드디어 내 고등학생으로서의 마지막 날인 3월 31일.

"전문학교 학생, 밴드 매니저, 편집자, 소설가, 회사원…… 토모야 군의 미래에는 꽤나 매력적인 루트가 잔뜩 있네~."

"뭐, 전부 장단점은 있어."

최근 2년 동안 계속 신세를 져왔던 통나무집 느낌의 카페.

"그래. 토모야 군은 인망이 있네. 이렇게 인기가 많은 줄 몰랐어. 이야~, 나도 왠지 어깨가 으쓱해지는걸~."

"……."

평소 애용하는 창가 자리에서 마주앉아 있는 이들은…… 사귀기 시작한지 아직 몇 달밖에 안 된 풋풋한 커플(자칭).

나, 아키 토모야와 나의 애인(메인 히로인), 카토 메구미.

……인데…….

"응~? 왜 그래? 왠지 기분이 나빠 보여."

"……아, 별거 아냐."

그런 풋풋한 두 사람은 현재, 뭐랄까…….

한 사람은 스마트폰을 만지작거리면서 대충 맞장구를 치고 있고, 다른 한 사람은 벌레라도 씹은 것처럼 인상을 쓰고 있었다. 사이가 좋아 보인다고는 도저히 말할 수 없는 상황이었다.

"어~, 너무하네. 마음에 안 드는 게 있으면 솔직하게 말해줘~. 우리는 사귀는 사이잖아~."

"그러시다면 말씀을 드리겠습니다, 메구미 양……."

나는 이런 공허한 분위기를 견디다 못한 나머지, 결의에 찬 표정을 지으며 헛기침을 한 후, 숨을 크게 들이마시면서…….

"너는 왜 나를 내버려두고 혼자만 대학생이 되어버린 건데에에에~?!"

……그런 불합리하기 그지없는 고함을 질렀다.

"토모야 군, 이런 걸 두고 적반하장이라고 하거든?"

"…………예, 대학 진학을 축하드립니다. 메구미 양."

"아~, 응. 고마워."

토요가사키 학원 3학년 A반, 카토 메구미……인 것은 오늘까지다.

내일부터 이 녀석은 후시카와 대학 문학부 1학년, 카토 메구미가 된다.

"하지만 기왕 입을 뗀 김에 할 말을 다 하자면…… 너도 나만큼 게임 제작에 몰두했잖아? 그런데 어째서 대학 진학에 성공한 건데?"

"그야 후시카와 대학의 추천 자리가 남아있었거든. 혹시나 하는 마음에 신청을 해봤더니 합격하지 뭐야."

"고등학교 3년 동안 눈에 띄는 짓은 전혀 안 했으면서……."

"그리고 눈에 띄는 문제도 일으키지 않았거든~. 누구누구 씨와는 다르게."

"그, 그건 그렇고…… 신청을 할 거면 나와 상의를 하지 그랬어……. 보고, 연락, 상담이 무엇보다도 중요하다는 건 서클 활동 시절에 네가 몇 번이나 말했잖아."

"9월 말에 신청을 했었거든. 그 즈음에 무슨 일이 있었는지 기억하지?"

"크……."

12권 참조

예, 기억합니다.

그리고 GS 3도 참조

똑똑히 기억하고말고요…….

"게다가, 새해가 되자마자 바로 이야기했잖아. 그래서 토모야 군은 후시카와 대학에도 원서를 넣은 거잖아?"

"준비기간이라는 말을 알기는 해? 너, 원서 제출일 바로 전날에 가르쳐줬거든~?"

……사실 이런 대화는 약 두 달 동안 열 번 넘게 나눴다.

"뭐, 나는 당시에 이런저런 생각을 했거든. 토모야 군과 헤어지게 됐을 때를 대비해서라도, 내 진로는 직접 정해두고 싶었어."

"우와! 우와! 우와! 불길한 소리 하지 마아아아~!"

……아, 그래도 방금 그 정보는 처음 접했다.

이 녀석, 대체 비장의 카드를 몇 개나 가지고 있는 거야…….

"그리고 대학 수험에 실패했기 때문에, 토모야 군의 앞에는 멋진 진로가 몇 개나……."

"이제 그만 비아냥대라고!"

당연하다면 당연한 소리지만…….

나도 이대로 대학에 합격해서, 아무런 걱정 없이 서클 활동을 계속할 수 있는 것이 가장 이상적인 진로였다.

주위 사람들이 여러 길을 제시해준 것은 결국 「최선의 길」이 막히고 만 결과인 것이다.

"하지만 토모야 군도 이제 그만 어떻게 할지 정해야 할 거야. 4월부터 시작하기로 한 서클 활동에도 영향을 끼칠 수 있잖아."

"그래! 바로 그거야!"

내 앞에는 『차선책』이라 할 수 있는 새로운 길이 몇 개나 존재했다.

하지만 그 중에는 내가 지금까지 키워온 『blessing software』의 존망을 위협할 수 있는 길도 있는 것이다.

"……『내가』?"

"아, 아냐. 나와 메구미가 키워왔지."

그리고, 마음에 상처를 입은 나의 심정(독백)을 꿰뚫어보지 말아줬으면 좋겠다.

"이야~, 그건 그렇고 토모야 군은 고등학생 최후의 날에 완전 얼간이 주인공이 되어버렸네. 게임이라면 행복으로 가득 찬 에필로그가 나올 시기잖아."

"진짜, 진짜, 어쩌다 이렇게 된 거지……."

이제 페이지 수도 얼마 남지 않은 상황에서 질투심과 열

등감에 사로잡힌 나는 말아 쥔 주먹을 부들부들 떨면서 고개를 숙였다.

그리고 메구미는 스마트폰에서 겨우겨우 손을 떼더니, 애인이 생겼는데도 배드 엔딩으로 향하고 있는 나를, 미소녀게임의 법칙을 무시한 주인공인 나를, 동정과도, 실망과도, 체념과도, 다른 감정이 깃든 눈길로 잠시 동안 쳐다본 후…….

"……일부러 고민하는 척 하는 거지?"

"……무슨 소리를 하는 거야?"

상냥함이라고는 눈곱만큼도 느껴지지 않는, 아까보다 더 무덤덤한 목소리로 그렇게 말했다.

"사실 토모야 군은 이미 진로를 결정했지?"

"무슨 근거로 그런 소리를 하는 건데?"

"토모야 군은 평소에 이렇게 중요한 일은 나와 상의하지 않고 멋대로 정했잖아. 작년의 『필즈 크로니클XIII』 때처럼 말이야."

"그런 옛날 일을 언급하지 말아줄래?! 나는 다시 태어났어! 아키 토모야 리본(reborn)이라고. 메구미한테만은 보고, 연락, 상담을 게을리 하지 않는 충실한 애인이라고!"

뒷일이 걱정되어서라도 그런 배신은 엄두도 못 낸다고.

"흐음, 하지만……."

그러나 메구미는 그런 나를 100퍼센트 신뢰하지는 않는지, 테이블 위에 놓인 내 손에 자신의 손을 포갠 후…….

"……아얏."

내 손을 꼬집었다.

"애인이라 그런지…… 알 수 있단 말이지."

"뭘, 말이야?"

"토모야 군은 그저, 나에게 위로받고…… 아니, 내가 메인 히로인이 되어줬으면 하는 것, 뿐이지?"

메구미는 방금까지 꼬집고 있던 내 손을 두 손으로 쓰다듬듯이 감싸 쥐었다.

"그렇게 생각한다면…… 저를 구원해 주세요, 메인 히로인님."

그리고 내 손가락을 받아들이듯, 테이블 위에서 깍지를 꼈다.

"하아~, 정말."

그리고 메구미는 무덤덤함 속에 약간의 멋쩍음이 존재하는 표정을 짓더니…….

"그럼, 메인 히로인이 될게요……."

눈을 한 번 감았다가 뜬 후…….

"저기, 토모야 군……."

순식간에 메인 히로인이 됐다.

"내가 자신의 진로를 혼자서 정한 건…….
너를 도저히 따라갈 수 없다고, 생각했기 때문이야."

처음에 주인공을 나락으로 떨어뜨리는 것은 메인 히로인의 상투수단이다.
그렇게 하면, 나중의 반전이 더욱 빛을 발하는 것이다.

"나는 지금도, 토모야 군을 따라갈 수가 없어.
왜냐하면 당신은 어느 길로 나아가든…….
그 길이 옆으로 이어지든, 뒤편으로 이어지든, 당신은 앞으로 나아가고 있다고 믿어 의심치 않잖아."

연이어 주인공을 나락으로 떨어뜨리는 건, 메인 히로인이 그만큼 자신감을 가지고 있기 때문이다.
츤에서 데레로 이행하듯, 쿨에서 데레로 이행하듯…….
엄청 매력적인 반전을 날릴 수 있다고 믿기 때문이다.

"그러니까, 따라가지 않기로 했어……."

……반전, 하는 거지?
나를 매료시킬 거지?

"왜냐하면 네가 어디로 향하는 건지 모르겠거든."

아, 저기…….

"……그러니까 네가 어디에 가든 내가 어디에 있든…….
아무 것도 달라지지 않으면 된다는 그런 결심만 했어."

……윽.

"토모야 군이 어디를 향하든, 그 결과 어디로 나아가든…….
나는…… 뭐, 물리적으로는 곁에 있어주지 못할 수도 있어.
하지만 함께할 거야. 네가 나아간 길을 받아들일게."

왔어요. 왔다고요…….

"그러기 위해서라도 나는 앞으로도 계속 무덤덤할 거야.
무슨 일이 있든 무덤덤하게 받아들이며 변하지 않기로 결심했어.
네가 어디에 가든, 나의 이 마음만큼은 변하지 않아."

"……너를, 앞으로도 계속 좋아하기로 결심했어."

"어때?
나는 네가 바라는 메인 히로인이 된 거야?"

"수많은 유저가 아니라, 단 한 사람의…….
아키 토모야 군만의 메인 히로인이 된 거야……?"

"……."
"……토모야 군?"
"헉……."
중간부터 의식이 끊어지고 말았다.
너무 모에해서, 가슴이 너무 뛰어서, 너무 두근거려서, 어쩌면 좋을지 알 수가 없었다.

카토 메구미가…….
내가…… 사랑하는 사람이…….
그야말로 믿기지 않을 정도로 모에 했다.

"결심했어……. 나, 쫓아볼래."
"뭘?"
"전부 다."

메구미가 아까 말한 것처럼, 나는 어리광을 부렸다.

실은 자신이 나아갈 길을 정해뒀지만, 메구미에게 응원을 받고 싶었던 것뿐이다.

"메구미를, 에리리와 우타하 선배를, 쫓겠어. 크리에이터의 길을 나아가겠어."

하지만 나는 마치 방금 그녀의 말을 듣고 하늘의 계시를 받은 것처럼 뜨거운 어조로 말을 이었다.

"네 애인으로서의 자존심을 걸고 후시카와 대학에 도전할래.
크리에이터의 긍지를 걸고 서클활동을 계속할 거야."

"즉, 양쪽 다…… 선택하겠다는 거구나?"

"올해 겨울에 내놓을 다음 작품으로 새로운 전설을 만들겠어.
그리고 내년부터 또, 메구미와 함께 나아갈 거야.
그리고 언젠가, 진정한 『blessing software』를 되찾겠어……."

"진정한 『blessing software』……."

"나, 메구미, 에리리, 우타하 선배, 미치루, 이즈미, 이오리……

옛날 멤버와 새로운 멤버 전원이 모인, 진정한 완전무결한 팀이야."

"……"

"……"

메구미의 시선은 여전히 무덤덤했다.

나의 돈키호테 같은 선언을, 그녀가 어떻게 받아들인 건지는 아직 알 수 없지만……

그래도 그녀가 내 손을 아직도 움켜잡고 있다는 사실이, 나의 이 무모한 목표를 긍정해주고 있는 느낌이 들었다.

"……들었지? 하시마 군, 이즈미 양."

"……뭐?"

뜨거운 마음을 밝힌 나……의 뒤편을 쳐다보며, 메구미는 입을 열었다.

"그럼 올해 첫 『blessing software』의 정기 미팅을 시작해볼까."

"의제는 『4월부터의 활동 방침에 관해』겠네요~."

"……어어?"

내가 허둥지둥 뒤편을 돌아보니, 방금 메구미가 언급한 두 사람이 있었다. 그들은 음료와 물수건을 들고 우리 테이블에 합석했다.

"어, 어째서……?"

"아, 오늘 미팅을 한다는 건 예전부터 정해뒀거든."

『blessing software』 프로듀서 겸 디렉터, 하시마 이오리.

뭘 어떻게 한 건지는 모르겠지만, 4월부터 도쿄에 있는 모 국립대학의 1학년이다.

"하지만 메구미 씨가 「토모야 군한테서 앞으로 서클을 어떻게 할 건지 알아낼 테니까, 잠시 동안 둘이서 이야기해줘」 하고 말했어요……."

『blessing software』 캐릭터 디자인&원화, 하시마 이즈미.

그녀는 순조롭게, 4월부터 토요가사키 학원 2학년이 된다.

"어, 어느새……?"

"아, 너희가 오기 전부터 저쪽 자리에 있었는데……."

"메구미 씨가 오케이할 때까지 나서지 않기로 했거든요. 그래서 저쪽에서 두 사람의 애정행각을 감상하고 있었어요……."

"……메구미?"

"아~, 뭐, 그게 말이야. 토모야 군이 서클 활동을 관둘지도 모르는 위기적 상황이니까, 여차하면 다 같이 만류 공작을 펼쳐볼 생각이었어~."

"재들이 듣고 있는 걸 알면서 아까 그런 소리를 한 거야?!"

“……뭐, 서클을 위한 일이니까 어쩔 수 없잖아.”

“뭐가 어쩔 수 없다는 거야?! 이건 완전 수치 플레이잖아!”

그것보다, 모르고 한 사람과 알면서 한 사람 중에 누가 더 부끄러울지에 대해, 여러분은 어떻게 생각하시는지요……?

“아, 가장 부끄러운 사람은 태클도 걸지 못하며 너희의 애정행각을 계속 감상해야만 했던 우리라고 생각해.”

“메구미 씨는 요즘 들어 욕심이 많아졌다고나 할까, 독점욕 덩어리가 된 것 같다니까요…….”

“자, 미팅을 시작하자. 그럼 4월부터 서클 관련 잡무는 하시마 군에게 맡길게. 나는 토모야 군의 대학 수험을 도울 거야.”

“잠깐만, 대체 뭐가 어떻게 된 거냐고!”

메구미와 이오리는 어느새 꽤 친분을 쌓은 것 같다고나 할까…….

이즈미가 메구미를 상대로 꽤나 시니컬해진 것 같다고나 할까…….

왠지 태클을 걸 부분이 꽤 많지만…….

그래도 오늘 가장 충격적인 건, 나를 완전히 자기 손바닥 위에 올려놓고 가지고 논 메구미의, 더욱 강렬해진 능구렁이, 아니 흑막 포스가 아닐까.

※ ※ ※

"……."

"……저기, 토모야 군."

"……왜?"

"아직도 화 안 풀렸어?"

"아냐……."

"아직도 화났구나."

"……."

역 앞에서 하시마 남매와 헤어진 우리는 저녁노을이 드리워진 길을 따라 집으로 돌아가고 있었다.

두 걸음 정도 뒤쳐져서 걷고 있는 메구미가 아까부터 말수가 적어진 나를 계속 신경 쓰고 있었다.

"그 정도는 별것 아니라고 생각하거든? 토모야 군이 지금까지 나한테 했던 짓에 비한다면 말이야."

"……그래."

"그러니까, 이제 그만 화를 푸는 게……."

"그러니까, 진짜로 화난 게 아니라고."

지금 우리는 단둘이서 언덕을 올라가고 있었다.

내가 고개를 숙인 채 지면을 노려보며 걷자, 메구미는 약간 감정이 묻어나는 목소리로 나에게 말을 건넸다.

하지만 나는 아까부터 그녀의 말에 대충 대답하기만 했다.

"그러니까, 그러니까…… 이런 식으로 복수하지 마."
"응~?"
"이거, 나한테 꽤 먹히고 있거든?"
"……."

메구미의 목소리가 점점 잦아들더니, 우리 사이의 거리 또한 점점 벌어졌다.

나한테 말을 거는 것을, 나를 쫓아가는 것을, 포기하기 시작한 것일지도 모른다.

그렇게 튼튼하던 메구미의 마음이, 꺾이려 하는 걸지도 모른다.

그래도 그래도 나는 지금만은 지금 하고 있는 생각에 집중할 수밖에 없었다.

왜냐하면…….

"토모야 군…… 토모야 군, 내 말 안 들려?"
"……저기, 메구미."
"왜, 왜 그래?"

"『언덕길 3부작』은 어떨까?"
"……뭐?"

"그러니까, 우리가 만든 최강의 미소녀게임의, 시리즈 타이틀이야!"

"……뭐?"

왜냐하면, 왜냐하면…….

지금, 엄청난 아이디어가, 내 머릿속에 떠올랐기 때문이다!

"모르겠어? 진짜로 모르겠냐고! 첫 번째 작품인 『cherry blessing』에서 히로인과 만나는 장면과 라스트 장면도 이 언덕이 모델이었잖아!"

"으, 응."

"하지만, 하지만 두 번째 작품인 『시원찮은 그녀를 위한 육성방법』에서도, 메인 히로인 메구리와의 중요 이벤트의 배경으로 이 언덕길이 재활용…… 오마쥬됐지?"

"그, 그래서?"

"그러니까 이 언덕은 우리 『blessing software』, 혹은 메인 히로인 카노 메구리를 상징하는 장소…… 즉, 『성지』인 거야!"

"성지……인가요~?"

그런 나의, 일생일대의 대박 아이디어를 듣더니…….

메구미는 평소와 다름없이 무례하기 그지없는 무반응으로 답했다.

진짜, 메구미는 항상 중요한 순간에 이렇게 무덤덤하다니깐.

"너란 애는 정말…… 서브 디렉터답게 좀 제대로 된 반응을 보여주면 안 돼?"

"으음, 지금까지 내 말에 전혀 반응하지 않았던 토모야 군이 그런 소리를 하는 거야?"

"다음 작품이야! 『blessing software』 3rd Project라고! 역시 이번에도 메구리의 등장 장소는 바로 이 언덕이야!"

"……겸사겸사 묻는 건데, 아까부터 내 말에 제대로 반응하지 않은 건, 혹시 그딴 생각에 빠져 있었기 때문이야?"

"그딴 생각?! 너무하네! 우리가 만든 전설의 대미를 장식할 『언덕길 트릴로지 3부작』의 완결편이잖아. 제아무리 진지하게 생각해도 모자랄 지경이라고!"

"뭐, 심도 깊은 고찰에 빠지는 건 상관없지만, 트릴로지와 3부작은 같은 의미 아냐?"

"그런고로 이제부터 합숙하자! 미팅을 하자고, 메구미! 오늘 안에 플롯을 완성해서, 최강의 완결편 제작을 스타트하자!"

"어, 어~? 지금부터?"

"당연하지! 아이디어가 솟구치고 있는 지금이 바로 승부처야! 1초라도 헛되이 할 시간이 없다고!"

설명하는 것 자체가 귀찮아진 나는 메구미의 손을 잡아끌면서 우리 집으로 이어지는 이 성지…… 아니, 언덕길을 성큼성큼 나아갔다.

한 걸음, 한 걸음, 그녀의 손을 잡아끌며, 그저 전진했다.

한 걸음, 한 걸음, 모두가 웃을 수 있는 장소에, 도달하기 위해…….

한 걸음, 한 걸음, 정상에서, 다시 한 번, 모두와 만나기 위해…….

“하, 하지만, 나는 내일 대학 입학식에 참석해야 하는데?”
“그럼 우리 집에서 바로 가면 되겠네.”
“하지만, 입학식에는 정장을 입고 가야…….”
“네가 들고 있는 그 커다란 가방에는 내일 입을 옷이 들어 있는 거지? 애초부터 우리 집에 묵을 생각이었던 거잖아?”
“……그런 건 눈치채더라도 말 안 하는 게 매너라는 거야, 토모야 군.”

“저기, 메구미. 완결편은 어떤 장르로 할까? 또 모에 스타일로 갈지, 아니면 원점회귀 삼아 전기(傳奇) 스타일로 갈지, 혹은 아예 다른 장르…….”
“그것보다, 내일은 입학식에 참가해야 하니까, 잠시 눈은 붙이게…….”
“그럴 수야 없지! 우리는 내일부터 고등학생이 아니니까, 얼마든지 밤샘을 해도…… 어?”

“저, 저기, 메구미…… 혹시, 몇 시간 후면, 우리도 드디어 고등학생이 아니라…….”
“……나도 알고 있으니까, 일부러 언급 안 해도 돼.”
“아, 알고, 있다는 말은, 저기…….”

"아~, 정말, 성가시네. 자, 가방 들어줘. 그럼 빨리 가자, 토모야 군."

끝

■작가 후기

라이트노벨『시원찮은 그녀(히로인)를 위한 육성방법』의 독자 여러분.

지금까지 함께해주셔서 감사합니다. 저자인 마루토 후미아키입니다.

『시원찮은 그녀를 위한 육성방법』 13권…… 본편 최종권을 여러분에게 전해드립니다.

지금 생각해보면 5년 하고도 반 년 전, 아키하바라의 어느 카페에서 초대 담당 편집자이신 하기와라 씨에게 제출한 여섯 개의 플롯이 전부 퇴짜 맞았을 때부터 이 기획은 시작됐습니다. 그 후, 전반적인 부분을 전부 뜯어고친 끝에 출판에 성공했으며, 그 후로 지금까지 이어진 끝에 두 번이나 애니메이션화가 되는 작품이 될 거라고는 꿈에도 생각 못했습니다(이렇게 말해두면 겸허하게 보여서 독자 여러분의 호감도가 상승하겠죠).

그런 식으로 시작된 작품인지라, 일단『우선 기획을 통과시켜야지』라는 생각만 앞세우며 구상했습니다. 당시에 정해뒀던 것은 등장인물(주인공&히로인, 『네 명』)의 설정과, 관계(프로듀서, 원화, 시나리오, 음악, 『광고』), 당면한 목적(게임 제작)뿐이었죠.

그런 식으로 결말을 정하지 않고 시작된 이 작품은 마루토의 『설정상의 메인 히로인이 가장 큰 인기를 얻지 못한다는 작가성』을 뒤집는다는 당초의 목적대로, 눈에 띠지 않고, 특징도 없는 메인 히로인 카토 메구미를, 가장 인기 있는 진정한 메인 히로인으로 만든다는 목적을 달성한 것 같은 같습니다. 아마도 말이죠.

뭐, 결국 『눈에 띠지 않고, 특징도 없다』는 무속성은 어느새 사라지고, 성가시고 음흉하며 욕심 많은 히로인으로 성장해버렸으니, 『특징이 없는 상태에서 가장 인기를 얻는다』는 당초의 목적은 실패한 걸지도 모르겠군요.

하지만 원래 작가의 의도 같은 것은 개의치 않으며 무덤덤하면서도 대충대충 사는 카토 메구미라는 캐릭터답다고 말할 수 있을지도 모릅니다. 뭐, 그렇게까지 깊이 생각하며 글을 쓴 적은 단 한 번도 없지만 말이죠.

그리고 그렇게 변모해 가는 메인 히로인, 카토 메구미에게 끌려가듯(뭐, 다른 캐릭터에게 그녀가 끌려간 걸지도 모르지만요), 에리리와 우타하를 비롯한 다른 히로인 캐릭터도 『정석적이라 파악하기 쉽다』는 당초 설정에서 점점 벗어나면서 여러모로 감정적이고 성가신 성격으로 변했죠. ……이래서야 마니아 취향의 비대중적이라 인기 없는 에로게임이네요(금기시되는 발언).

그리고 13권의 내용에 관해서는…… 뭐, 제가 하고 싶은 말은 본편(과 각 장의 타이틀)에 담았으니 그쪽을 읽어주시기를 바랍니다. 그럼 앞으로의 이야기를 좀 해볼까요.

여기서 본편은 끝났습니다만, 앞으로의 이야기나 별개의 이야기…… 대학 시절의 토모야(진학 여부는 불명), 사회인 시절의 토모야(취직 여부는 불명), 혹은 다른 캐릭터의 외전 등이 집필될지는(저자와 일러스트레이터의 체력적인 면도 고려해야겠지만) 이 작품의 파워(유저 지지도)에 달려 있습니다. 이 작품을 더 접하고 싶다고 생각하시는 분들께서는 완결 후에도 이 작품을 계속 응원해주셨으면 합니다.

뭐, 아직 상품 전개는 끝나지 않았으니까요. 애니메이션 BD, 피규어, 굿즈 같은 것도 나오는데다, 후지미 측에서도 메모리얼 같은 걸 예정하고 있으니, 아직 가능성은 얼마든지 있습니다. 저자와 일러스트레이터의 체력 문제는 제쳐두고 말이죠.

그럼 도움을 주신 여러분에게 마지막으로 인사를 드릴까 합니다.

미사키 쿠레히토 씨…… 틈새시장이나 공략할 만한 작품이 이렇게 메이저한 방향으로 나아갈 수 있었던 것은 분명 압도적인 아우라를 풍기는 일러스트의 힘 덕분일 겁니다. 지금 이 순간에도 죽도록 바쁘실 테고, 때때로 술자리를 가질 때마다 업계의 어둠에 한 발 걸친 이야기만 들려주시지만, 평생이 걸려도 다 갚지 못할 만큼 빚을 졌으니 앞으로도 언제든 저를 불러내서 푸념을 늘어놔 주십시오. 아, 그래도 마감만큼은 제가 늘려드릴 수 없다고요.

판타지아 문고의 관계자 여러분…… 작품이 장기화되면서 많은 분들에게 신세를 졌습니다. 그리고 판타지아 문고에서 미디어믹스가 되도록 힘써주신 덕분에, 코미컬라이즈, 애니메이션, 굿즈 등을 통해 다른 관계자 여러분들과 접점을 만들었고…… 신세 또한 많이 졌습니다. 여러분, 앞으로도 많은 지도편달(요약 : 일거리) 부탁드립니다.

또한, 이 작품에 세상에 나올 때, 『마루토와 미사키가 만든 거다』라는 정보만 가지고, 어떤 내용물인지도 모르는 이 작품의 초고속 스타트 대시에 공헌해주신 초창기 독자 여러분…… 지금까지 함께해주셔서 감사합니다. 여러분이 안 계셨다면 분명 3권 즈음에서 완결이 나버렸을 겁니다. 그리고 이즈미, 이오리, 밋치도 세상에 나오지 못했겠죠.

그리고 평판을 듣고, 혹은 애니메이션을 접한 후에 이 작품을 읽어주신 독자 여러분께도…… 역시 감사 인사를 드립니다. 『애니메이션을 보고 원작을 샀습니다』 같은 내용의 팬

레터도 잔뜩 받았습니다. 전부 읽었습니다. 여러분이 힘을 실어주신 덕분에, 이 작품은 이만큼이나 성장할 수 있었습니다.

언젠가, 어디에선가, 『마루토 후미아키』라는 이름을 보셨을 때, 조금이라도 흥미를 가져주시면 감사하겠습니다.

그럼 이만, 작별 인사를 드립니다.

2017년 가을 마루토 후미아키

■ 역자후기

안녕하십니까. 근로청년 번역가 이승원입니다.

『시원찮은 그녀를 위한 육성방법』 13권을 구매해주셔서 진심으로 감사드립니다.

『시원찮은 그녀를 위한 육성방법』을 마지막까지 함께 해주셔서 감사합니다.

본편 열세 권, 걸즈 사이드 세 권, 팬 디스크 한 권, 총 열일곱 권에 걸친 장편 소설이었습니다.

이 긴 시리즈를 끝까지 함께 해주셔서 정말 감사합니다.

전반적인 스토리는 12권, 그리고 걸즈사이드 3권에서 완결이 났으며, 최종권인 13권은 에필로그 느낌의 한 편으로 끝났습니다.

한 소녀와의 운명적인 만남을 통해 시작된 이 이야기는 많은 캐릭터들과 접점을 만들며 이어져 왔으며, 이렇게 마침표가 찍혔습니다.

그리고 엔딩을 맞이한 캐릭터들이 미래로 나아가기 위해

선택한 길이 이번 13권에서 다뤄지고 있습니다.

그 내용까지 이 자리에서 다루는 건 사족일 거라는 생각이 드는 군요.

독자 여러분께서 직접 본편을 읽으신 후, 그들의 미래를 상상해주시길!

……하지만 각종 굿즈가 나올 뿐만 아니라, 극장판 애니메이션 개봉도 확정된 상황인지라, 이 시리즈가 순순히 추억으로 남아줄 거라는 확신이 서지 않습니다.

『시원그녀 대학편』이라거나, 각 히로인 루트별 시원그녀 외전 같은 게 나올 수도 있지 않을까 싶은 생각이 듭니다.

그래도 『시원그녀 coda』가 나오면 제 멘탈은 붕괴될 게 뻔합니다.

그, 그것만은 안 돼요!

그럼 이만 줄이겠습니다.

L노벨 편집부 여러분, 항상 감사합니다. 마지막 권까지 폐 많이 끼쳤습니다. 앞으로도 잘 부탁드립니다.

돼지고기 무한리필집 갔을 때의 기억이 싹 날아간 악우여. 이 말만 하마. 삼겹살도 구웠어! 대패 및 우삼겹 볶으면서, 내가 열심히 삼겹살도 구워서 너희들 먹였다고! 참고로 계산도 내가 했……(털썩).

마지막으로 언제나 제게 버팀목이 되어주시는 어머니와 『시원찮은 그녀를 위한 육성방법』을 읽어주신 모든 분들에게 진심으로 감사드립니다.

또 다른 작품의 후기 코너에서 여러분을 다시 뵐 수 있기를 진심으로 빕니다!

2018년 1월 초

역자 이승원 올림

시원찮은 그녀를 위한 육성방법 13

1판 1쇄 발행 2018년 2월 10일
1판 4쇄 발행 2020년 4월 22일

지은이_ Fumiaki Maruto
일러스트_ Kurehito Misaki
옮긴이_ 이승원

발행인_ 신현호
편집부장_ 윤영천
편집진행_ 김기준 · 김승신 · 원현선 · 권세라 · 유재슬
편집디자인_ 양우연
국제업무_ 정아라 · 전은지
관리 · 영업_ 김민원 · 조은걸 · 조인희

펴낸곳_ (주)디앤씨미디어
등록_ 2002년 4월 25일 제20-260호
주소_ 서울시 구로구 디지털로 26길 111 JnK디지털타워 503호
전화_ 02-333-2513(대표)
팩시밀리_ 02-333-2514
이메일_ lnovelpiya@naver.com
L노벨 공식 카페_ http://cafe.naver.com/lnovel11

Saenai heroine no sodate-kata, Vol.13

ISBN 979-11-278-4383-0 04830
ISBN 979-11-278-4216-1 (세트)

값 7,000원

검사를 목표로 입학했는데 마법 적성 9999라고요?! 1권

넨쥬무기챠타로 지음 | 리이츄 일러스트 | 김보미 옮김

「하지만 전 전사학과에서 검객이 되고 싶어요!」
일류 검사를 꿈꾸는 소녀 로라는 불과 아홉 살에 모험가 학교에 합격.
「검사 친구가 많이 생겼으면 좋겠다」는 기대에 부푼다.
그리고 다가온 입학식 날. 로라는 검 적성치 측정에서 경이로운 107점을 기록.
보통의 학생은 50~60이기에 로라는 틀림없이 검 천재다.
그런데 하는 김에 마법 적성치도 측정한 결과…… 무려『전 속성 9999』!!
전대미문의 압도적 수치에 학교 전체가 들썩. 마법학과로 즉시 전과 결정♪
검객이 되고 싶은 바람과는 반대로 로라는 천재 마법사로 쑥쑥 커가고
순식간에 마법학과의 어느 선생님보다도 강해지는데…….
인기 폭발 학원 판타지!!

©Sui Tomoto／「理想郷」Project/OVERLAP
Illustration Tetsu Kurosawa

세이버즈=가든

토모토 스이 지음 | 우미시마 센본 캐릭터 원안 | 쿠로사와 테츠 일러스트 | 요시무라 마사토 콘셉트 디자인 | 송재희 옮김

검도에 열심인 소년 텐조 키즈나는 어느 날 사범인 조부에게서
선조 대대로 물려 내려왔다는 검 모양의 액세서리를 받는다.
그로부터 며칠 뒤, 머릿속에 자신의 이름을 부르는 목소리가 들리고—.
목소리에 이끌려 도장 뒤편의 거목을 만진 순간,
액세서리가 진동하더니 키즈나의 시야는 화이트아웃.
정신이 들자 그곳은 낯선 이세계의 대지였고,
갑자기 현대에는 존재하지 않을 터인 『마물』에게 습격당한다.
"어째서 그 검을 안 쓰는 거야?"
아무것도 모르는 키즈나를 도운 것은 에바라는 수수께끼의 소녀인데—?!
『아르카디아=가든』으로 이어지는 《대지와 정령의 이야기》 시동!!